四十九个昼夜

长篇纪实文学

吴玉辉——著

中共中央党校出版社

图书在版编目（CIP）数据

四十九个昼夜 / 吴玉辉著. -- 北京：中共中央党校出版社，2022.9（2022.11重印）

ISBN 978-7-5035-7395-8

Ⅰ.①四… Ⅱ.①吴… Ⅲ.①纪实文学—中国—当代 Ⅳ.①I25

中国版本图书馆CIP数据核字（2022）第156459号

四十九个昼夜

策划统筹	任丽娜
责任编辑	牛琴琴　刘金敏　马琳婷
责任印制	陈梦楠
责任校对	李素英
出版发行	中共中央党校出版社
地　　址	北京市海淀区长春桥路6号
电　　话	（010）68922815（总编室）　（010）68922233（发行部）
传　　真	（010）68922814
经　　销	全国新华书店
印　　刷	中煤（北京）印务有限公司
开　　本	710毫米×1000毫米　1/16
字　　数	176千字
印　　张	17.75
版　　次	2022年9月第1版　2022年11月第2次印刷
定　　价	56.00元

微 信 ID：中共中央党校出版社　　邮　　箱：zydxcbs2018@163.com

版权所有·侵权必究
如有印装质量问题，请与本社发行部联系调换

目　　录

引　言　/ 1

　　夜幕笼罩下的天宝大山一片寂静。十字岭，尖刀连潜伏在陡峭的岩石下，等待着总攻的三颗信号弹。寨前山，毛泽东彻夜未眠。

第一章　大战之后　/ 1

　　粉碎国民党军第三次"围剿"，红军进入全盛时期。临时中央电令"急攻赣州"。瑞金，一场激烈的争论。毛泽东上了东华山。

第二章　赣城之殇　/ 17

　　天竺山，彭德怀做攻城部署。入夜，赣州城上的灯光突然全部熄灭。红三军团遭受内外夹击。项英带着中革军委急电扬鞭策马直奔东华山。危急中，毛泽东建议大胆起用红五军团。赣州战役，红军伤亡3000余人。

第三章　挥师东进　/　40

江口会议。毛泽东随红一军团行动。周恩来接受毛泽东意见，决定将中路军改称为东路军，向闽西发展。毛泽东对贺子珍说："快做几个菜，多放些辣椒，我饿了。"

第四章　汀州长谈　/　53

红一军团先行进入长汀。毛泽东住地，罗明详细汇报漳州革命斗争情况。闽南红军游击队一支队。智勇双全的王占春。

第五章　跳出外线　/　71

漳州，张贞躺在摇椅上听着潮州音乐，他做梦也没有想到，自己的大本营已经被毛泽东给盯上了。毛泽东决定跳出根据地外线作战。关键时刻，周恩来给毛泽东以有力支持。

目　录

第六章　示形惑敌　/　88

　　大池宿营，不去小池。不顾坎市，直取龙岩。考塘之战，曾经夸下海口"不让红军一兵一卒过境"的阮宝洪，带着残部，一路向漳平方向狂逃。东路军乘胜攻入龙岩城。张贞的侦察机慌乱中挂在了朝天岭的树上。

第七章　直下漳州　/　101

　　东路军兵分两路向漳州挺进。行军途中，一个叫水潮的村庄引起毛泽东的关注。龙山顶，陈冬生用机枪打敌机。强渡永丰溪。南坪村，刘亚楼召开作战会议。

第八章　血战天宝　/　116

　　天宝山激战。一支精干的突击队，神不知鬼不觉地出现在守敌背后。王祖清临阵脱逃，杨逢年"割须弃袍"，抱着一块门板跳进九龙江。九龙岭，张贞差点当了游击队俘虏。红军越过天宝大山，穿过香蕉林，闽南重镇漳州展现在面前。

四十九个昼夜

第九章　进城逸事　/　135

　　红军举行隆重的入城仪式。毛泽东头戴凉盔帽,骑着一匹白马,和部队一起进了漳州城。九龙岭卖汤圆的老汉。红军战士第一次看无声电影。有战士对着电灯点旱烟、拆开留声机找"小人"。警卫员彭吉林捉到一只"帝国主义的鸡"。

第十章　红楼灯光　/　159

　　第二步行动计划。邓子恢、蔡协民化装进城。创造小红军,建立小苏区。曾志历险。龙溪中学图书馆,毛泽东发现了《反杜林论》《社会民主党在民主革命中的两种策略》《共产主义运动中的"左派"幼稚病》中文译本。

第十一章　抗日火种　/　176

　　分兵以发动群众。一张弥足珍贵的留真照片。五一劳动节,中山公园上空忽然飞来一架飞机。"一为祖,二为某,三为田园,四为国土。"

目　　录

第十二章　筹款百万　/　194

　　一些战士错把穿西装戴礼帽的华侨当成土豪，毛泽东召开"草坪会议"。八年后的道歉。长汀城举办了"金山银山"展览会。一条特殊的运输线。

第十三章　扩红行动　/　206

　　漳州城乡，1500多人报名参加了红军。漳浦城郊陈氏祠堂，党代表邓子恢宣布正式成立中国工农红军闽南独立第三团。毛泽东在罗荣桓的陪同下，登临芝山。

第十四章　走向辉煌　/　224

　　山重水复。宁都会议，毛泽东被迫离开红军。遵义会议，增选毛泽东为中央政治局常委，事实上确立了毛泽东在党中央和红军的领导地位。四次反"围剿"和漳州战役的胜利，为遵义会议作了重要铺垫。

第十五章　后续故事　/　231

　　在漳州"消失"的高捷成，出现在瑞金。冀南银行行长。一封家书。走过三遍长征路的侦察参谋。聂荣臻说:"红军过草地,苏静同志在前面开路是有功的。"红三团,车本战斗。漳浦事件。野火烧不尽,春风吹又生。重返十字岭。

后　　记　/　266

引　言

夜幕笼罩下的天宝大山一片寂静。十字岭，尖刀连潜伏在陡峭的岩石下，等待着总攻的三颗信号弹。寨前山，毛泽东彻夜未眠。

1932年4月18日，夜。闽南，漳州城西北。

天宝大山到靖城一线，大尖山、杨梅岭、十字岭、风霜岭、宝林桥、榕仔岭、笔架山阵地，到处闪动着钢盔的幽光。国民党陆军第四十九师主力部队进入战壕，平射炮、迫击炮的炮兵全部进入战斗位置。

天宝大山西侧，中央红军东路军先头部队兵分四路，以夜幕作掩护，悄悄抵近敌前沿阵地。

两军对峙，相隔不到100米。

位于十字岭突出部的石鼓仓，尖刀连潜伏在陡峭的岩石下方。头顶上方，传来敌连长对机枪阵地士兵的呵斥："竟敢违反上峰烟火管制命令，夜间还偷着抽烟，找死呀！"

"报……报告长官，我们不……不敢再吸……吸烟了。"士兵慌乱中说话带着结巴。

"听着，眼睛给我瞪大点，耳朵也都给我竖起来，一旦发现有动静，就机枪扫射。"

四十九个昼夜

士兵应道："是，发现有动静，就机枪扫射。"

潜伏在茅草中的红军指战员忍受着蚊虫的叮咬，屏住呼吸，静静等待，等待着寨前山方向中央红军东路军指挥部发起总攻的三颗信号弹。

漳州战役即将打响。

寨前山，位于十字岭西侧，此山虽不高，但视野宽阔，在这里可以环视整个战场，五峰山、十字岭、杨梅岭、风霜岭尽在眼前。中央红军东路军指挥部就设在寨前山上的一片竹林中。

指挥部帐篷里，军团参谋长陈奇涵报告部队进入战斗岗位的准备情况："红四军第十一师第三十一团在团长吴枭成、政委宋成泉率领下，由南靖内洞村民当向导，从乌坑出发，经洞仔寨，攀登悬崖，绕过山涧，经石杆山、二尖山，已潜伏在大尖山守敌阵地跟前；红三十二团由政委杨成武率领，逼近杨梅岭守敌阵地；红三十三团由政委刘忠、副团长陈冬生率领，进入风霜岭攻击地点；红十二师三十四团由政委田桂祥率领，进入十字岭敌阵地下方隐蔽。该团尖刀连在连长刘德山、党代表王辉球率领下，抵近敌人的石鼓仑重机枪阵地。"

聂荣臻问："右路的红十五军情况怎样？"

陈奇涵报告："红十五军在黄中岳、左权指挥下，进入宝林桥西侧，兵临靖城。一旦左路的天宝大山战斗打响，右路的红十五军立即集中所有迫击炮向靖城守敌猛烈轰击，牵制靖城守敌王祖清旅。"

"红五军团第三军呢？"

引　言

"红五军团第三军作为总预备队在南坪村一带集结。部队按照总部的既定部署，已完成总攻前的准备。"陈奇涵报告。

军团政治部主任罗荣桓请示："部队是不是可以发起总攻了？"

林彪看了看表，说："等等，再等等。"

聂荣臻小声问罗荣桓："毛主席休息了吗？"

罗荣桓说："毛主席整夜没有休息，他在等着部队发起总攻的消息呢！"

寨前山西面一棵榕树下的帐篷里，毛泽东来回踱着步，不停地吸着烟。

这是红军第一次远离根据地，跳出外围作战，也是毛泽东军事生涯中少有的亲临一线指挥的战役。

在时间节点上，此役正处在红军第三次反"围剿"和第四次反"围剿"之间。漳州战役规模虽不算大，却关系到中央苏区根据地的生死存亡，关系到红军的前途命运，也是抵制王明"左"倾教条主义路线的一次重要军事行动。毛泽东为争取这次红军东征漳州做出了极大的努力。

毛泽东掐灭烟头，走出帐篷。夜幕笼罩下的天宝大山一片寂静，寂静得连山谷的青蛙都停止了鸣叫。这是激战前夜的宁静。

毛泽东的思绪回到江西瑞金，回到赣州战役……

第一章　大战之后

粉碎国民党军第三次"围剿",红军进入全盛时期。临时中央电令"急攻赣州"。瑞金,一场激烈的争论。毛泽东上了东华山。

1931年7月,蒋介石自任"围剿"军总司令,调集30万兵力,发动第三次"围剿"。毛泽东和朱德指挥红一方面军历时三个月在江西歼灭国民党军队3万余人,粉碎了国民党军队第三次"围剿"。又经过三个月的艰苦努力,将盘踞在石城、会昌、于都和长汀等县土楼、石寨内的地主豪绅武装基本消灭。至此,赣南、闽西两块革命根据地连成一片,中央革命根据地扩大到20余县。

同年12月14日,国民党第二十六路军官兵1.7万余人发动武装起义,起义部队随即加入红军。

这时,其他根据地的反"围剿"斗争也取得胜利。红军进入全盛时期。

蒋介石坐不住了,忙着调兵遣将,策划对红军进行新一轮、更大规模的"围剿"。

王明也坐不住了，忙着催促红军贯彻"进攻路线"，"武装保卫苏联"，攻占大城市、中心城市，争取革命在一省或数省首先胜利。

王明，原名陈绍禹，字露清，安徽金寨县双石乡码头村人，1925年10月加入中国共产党和国民党。1925年3月12日，确立了联俄、联共、扶助农工三大政策的孙中山与世长辞。为纪念孙中山，并为中国大革命培养人才，共产国际决定在莫斯科成立中山大学，长期从事东方革命问题研究的米夫被任命为副校长。1925年11月，王明作为第一期学员赴莫斯科中山大学学习。"唯圣""唯书"的思想和学究背诵式的学习方式，使王明学会了一套把马克思列宁主义教条化的"本领"，加上他能说一口流利的俄语和唯苏媚苏的表现，深得米夫赏识，共产国际将王明作为"未来的中共领导人才"加以特殊培养。在这期间，在米夫的支持下，王明在莫斯科中山大学搞宗派斗争，打击异己，逐渐取得政治上的优势，对中国共产党的发展造成重大影响的王明教条宗派从这里孕育。

1927年2月，米夫率联共宣传家代表团访问中国，并出席了党的五大，王明以翻译的身份列席了会议。1928年6月，党的六大在莫斯科近郊的"银色别墅"召开，王明参加了翻译工作。斯大林会见中国共产党领导人，他也担任翻译，俨然以马克思理论家自诩。1931年1月，在共产国际执行委

第一章　大战之后

员会远东局书记米夫的直接干预下，党的扩大的六届四中全会在上海召开。缺乏实际斗争经验的王明不仅被补选为中央委员，而且成为中央政治局委员，以王明为代表的"左"倾教条主义错误在党的领导机关内开始了长达四年的统治。

王明从内心深处看不上毛泽东这个"山沟里的秀才"。可是，这个没有留过洋，也没有上过什么正规军校，甚至连讲武堂都没有上过的"山沟里的秀才"竟然很会打仗，和朱德一起，率领红军打破国民党军队的三次"围剿"，"朱毛红军"不断发展壮大。

开始，王明慑于毛泽东在红军和根据地群众中的威望，同时也想拉拢毛泽东，在周恩来尚未到达瑞金履行苏区中央局书记一职之前，还是同意先由毛泽东接替项英担任苏区中央局代理书记。

然而这时，王明发现，毛泽东不仅会打仗，还有理论，竟然提出一整套中国革命思想原则和军事方略。

在红军建军思想上，毛泽东坚持古田会议确立的党对军队的绝对领导，坚持党指挥枪。在作战原则上，创造出一整套具有中国红军特色的战略战术。这些战略战术的基本原则包括：在敌强我弱的现实状况下，"诱敌深入"是红军反"围剿"的基本战略方针；运动战是反"围剿"的基本作战形式；歼灭战是反"围剿"的基本要求。它的要点是集中优势兵力，各个歼灭敌人，避强击弱，慎重初战，采取包围迂回、穿插分割的战术，制造并抓住敌军在运动中暴露出来的弱点，出其不意地发动攻击，实行战斗中的速决战。毛泽东后来在《中国革命战争的战略问题》一文中总结道："等到战胜敌人的第三次'围剿'，于是全部红军作战原则就形成了。"这时，毛泽东"以农村为中心"实行"工农武装割据"，走"农村包围城市，武装夺取政权"的中国革命道路战略思想也已初步形成。

在思想路线上，毛泽东写出了《反对本本主义》一文，反对把马列主义教条化、把共产国际决议和苏联经验神圣化的错误倾向，强调"没有调查就没有发言权""中国革命斗争的胜利要靠中国同志了解中国情况""离开实际调查就要产生唯心的阶级估量和唯心的工作指导，那么，它的结果，不是机会主义，便是盲动主义"。

毛泽东提出的思想原则、军事方略和王明推行的"国际路线"和"左"倾教条主义格格不入，加之三次反"围剿"的胜利，毛泽东在根据地和红军中威望的提升，更是王明不能接受的。王明有一种莫名的危机感。于是，他把矛头对准了毛泽东。

王明喜欢写信，而且喜欢写长信。1931年8月30日，王明以党中央的名义发出一封1.2万余字的《给苏区中央局并红军总前委的指示信》，对毛泽东为首的苏区中央局进行多方面指责。过后，又以中央名义给苏区中央局发电报，批评毛泽东："苏区严重的错误是缺乏明确的阶级路线与充分的群众工作。"

同年10月，王明前往莫斯科担任中共驻共产国际代表团

第一章 大战之后

团长。王明离开上海之前,在共产国际远东局的支持下,在上海成立临时中央政治局,由原来连中央委员都不是的仅24岁的博古担任临时中央总负责。"总负责"对王明有两个好处:一是能为他所控制,继续执行"左"倾教条主义路线;二是为他以后回国担任总书记留下空间。

1931年11月1日至5日,根据临时中央的指示,由任弼时、王稼祥、顾作霖组成的中央代表团即"三人团"在瑞金叶坪主持召开中央苏区党组织第一次代表大会,史称"赣南会议"。这次会议主要是贯彻8月30日中央给苏区中央局并红军总前委的指示信和10月4日的电报,会议就根据地问题、军事问题、土地革命路线问题展开激烈的争论。

会议通过的《政治决议案》等文件,虽然在原则上肯定了红军粉碎敌人三次"围剿"等成绩,但对以毛泽东为首的苏区中央局进行多方面的指责,把毛泽东反对本本主义的正确主张,指责为"狭隘经验论";把"抽多补少、抽肥补瘦"原则,指责为"富农路线";指责红军"没有完全脱离游击主义的传统",忽视"阵地战""街市战"。会议强调要集中火力反右倾,并开始排斥毛泽东在中央苏区对红军的领导。

会议决定,设立中央革命军事委员会(以下简称"中革军委"),朱德为主席,王稼祥、彭德怀为副主席。取消红一方面军总司令和总政委、总前委书记的职位,由中革军委统一领导和指挥全国红军。这样毛泽东担任的红一方面军总政委、总

四十九个昼夜

前委书记的职务就自然被取消了。在战场上大胜蒋介石的毛泽东却在党内斗争中蒙受打击。

1931年12月底,周恩来通过秘密交通线从上海辗转来到了江西瑞金。

关于这条秘密交通线,不久以后同样从上海撤往瑞金的聂荣臻回忆道:"我们先乘船到汕头,再奔潮州乘小汽船,沿韩江北上,在大埔起旱,大体是从大埔经虎岗、永定、上杭县境,先到长汀,再转瑞金。这是1928年建立起来的一条非常秘密的交通路线,1930年归中央特科交通局直接领导。中央许多负责同志也都是经过这条交通线,被护送到中央苏区的。"

周恩来和毛泽东相识于大革命时期。1926年3月20日,蒋介石制造了中山舰事件,毛泽东和周恩来等人来到国民革命军第二军副党代表李富春家里商讨对策,主张坚决反击,后因苏联顾问团和陈独秀的妥协退让,反击终未能实现。然而这次会面,都给彼此留下了深刻印象。

1927年8月1日,周恩来领导了南昌起义。同年9月9日,毛泽东领导了秋收起义。两个起义,交相辉映,共同彰显了中国共产党掌握武装,独立领导革命战争的决心。

1929年6月22日,红四军在龙岩召开党的第七次代表大会。会上,前委核心领导内部意见发生分歧。会议结果,中共中央指定的前委书记毛泽东落选。新当选的陈毅感到会议在政治上和组织上都有问题,于是写了报告,连同会议记录

第一章 大战之后

毛泽东

一并报送中共中央。接到陈毅的报告后,周恩来8月20日以中央名义给红四军前委发了指示信,即"八月来信"。信中指出,红四军党的七大侧重于解决内部纠纷是不正确的,批评了"前委同志'号召大家努力来争论'"和"刘安恭同志企图引起红军党内的派别斗争"的错误。1929年8月下旬,陈毅到达上海向中央作了汇报,中央决定由周恩来、李立三、陈毅组成委员会,代中央起草一个决议,周恩来为召集人,深入研究讨论红四军问题。经过一个月的讨论,形成了陈毅起草、周恩来审定的《中共中央给红军第四军前委的指示信》,即"九月来信"。这封指示信中明确指出,毛泽东同志"仍应为前委书记",并对红军的根本任务与前途、发展方向与战略、红军中党的工作等作了具体指示。陈毅带回这封信,亲自把毛泽东请回军队。这才有了古田会议。

周恩来

四十九个昼夜

关键时刻，周恩来给予了毛泽东有力的支持。

瑞金叶坪，古樟树下小石桌旁，初来乍到的周恩来和毛泽东促膝长谈。周恩来向毛泽东讲述了临时中央提出攻打中心城市，争取一省和数省首先胜利的要求，听取毛泽东的意见。

毛泽东认为，临时中央是机械地照搬苏联的经验，是对形势的错误估计。中国的情况和苏联的情况不同，不能机械地照搬苏联的经验。苏联是先占领中心城市，然后取得全国革命的胜利。中国没有苏联那样强大的产业工人队伍，中国的主要人口在农村，而广大农村又是国民党统治较为薄弱的环节。敌人的优势在城市，我们的优势在农村，这叫"叫花子与龙王爷比宝"。中国的革命，必须以农民为主体，发展革命军队，依托根据地积累、发展革命力量，逐步形成农村包

叶　坪

第一章 大战之后

围城市的战略态势，最后夺取全国胜利，走一条咱们自己的道路。

毛泽东认为，临时中央对形势的估计是盲目乐观的。红军虽然取得三次反"围剿"的胜利，但敌强我弱的基本态势并没有改变。蒋介石陆海空军行营就设在南昌，部署重兵。在装备和技术条件都不具备的情况下，贸然让红军去强攻大城市、中心城市，只会带来无谓的牺牲。眼下，应该继续打掉盘踞在根据地周边土围子里的地主豪绅武装，发展游击战争，以我之长克敌之短，巩固扩大根据地。

毛泽东还分析，从政治上来看，红军现在攻打大城市、中心城市的时机也不对。九一八事变后，东北三省已全部沦陷，日本帝国主义正准备进一步发动全面侵华战争。全国形势发生了变化。我们应该高举抗日的旗帜，揭露蒋介石"围剿"红军、消极抗战的行径，赢得全国人民对中国共产党的理解和支持。

听了毛泽东的一番话，周恩来陷入沉思。片刻，他神情凝重地对毛泽东说："润之，我会把你的意见及时上报给临时中央的。但我作为中共苏区中央局书记，最后还得服从中央的决定啊！"

与毛泽东交换意见后，周恩来即致电临时中央，明确表示："进攻中心城市有困难。"

然而，临时中央没有同意周恩来的意见，虽然不再坚持攻打南昌，但强调至少要在抚州、吉安、赣州中选择一个城市

四十九个昼夜

攻打。

1932年1月9日,临时中央作出《关于争取革命在一省与数省首先胜利的决议》,同日,电令苏区中央局急攻赣州。

没有任何退路,周恩来于1932年1月上旬主持苏区中央局会议,讨论攻打赣州问题。周恩来说:"中央指示我们首取赣州,尔后顺势而下,夺取吉安、樟树、南昌等中心城市,进而把湘赣、湘鄂赣、赣东北等根据地与中央根据地连接起来,争取江西及其邻省区的首先胜利。现在大家讨论一下这仗该怎么打。"

周恩来看着沉思中的朱德,说:"玉阶兄,你是中革军委主席,你先谈谈意见吧。"

朱德说道:"赣州,是国民党钉在我根据地的一颗钉子,拔掉这颗钉子,我中央根据地就能连成一片。但是,我们必须看到,赣州易守难攻,赣州城位于赣江源头,章、贡二水汇合处,东、西、北三面环水,只有南面是陆地,四周城墙高厚坚实,地势险要,素有'铁赣州'之称,我们缺乏重武器,攻城代价会很大。"

周恩来问道:"这么说,玉阶兄是不同意打赣州了?"

朱德说道:"从军事角度,我觉得不宜打赣州。"

周恩来把目光转向一直吸着烟的毛泽东,说道:"润之说说吧。"

毛泽东对临时中央的回复似乎已经预料到了,说道:"我现在已经到政府工作,还是让军事干部说吧。"

第一章　大战之后

周恩来理解毛泽东话中的含义，说道："润之是中华苏维埃中央临时政府主席，还是苏区中央局委员、中革军委委员。'朱毛红军'，朱已经说了，毛也要表态呀！"

毛泽东站了起来，坦言道："那我就直说了，赣州不是怎么打的问题，而是根本不能打。不仅赣州不能去打，吉安、抚州同样不能去打。刚才，朱老总说了，赣州，三面环水，城防坚固，易守难攻，是敌人必守的坚城。前年三月红四军曾围攻赣州三天，没有结果，只得撤围。现在，驻守赣州的国民党军为江西'绥靖公署'主任朱绍良直接指挥的第三军十二师三十四旅马崑部，下辖六十七、六十八两个团和一个独立连，另外，还有赣南17个县逃亡在赣州城的地主武装，加上经过整训的民团，战斗力并不弱。此外，在赣州以北的吉安、安福、峡江地区有蒋介石嫡系部队陈诚指挥的第十八军第十一师、第十四师、第四十三师、第五十二师和万安地区的第二十八师，在赣州以南的赣粤边界大庾、南雄、始兴、仁化地区有粤军余汉谋第一军指挥的第一师、第二师，独立一、二旅等10多个团。赣州一旦遭到红军攻击，北面国民党中央军、南面国民党粤军可随时从两个方向增援。如赣州城久攻不下，红军将陷入内外夹击的危险境地。"

江西军区总指挥兼政治委员陈毅也表示担忧："1930年7月，红军虽然攻下长沙，但最后还是被迫撤出来。以目前红军的实力，攻占中心城市时机还不成熟啊。"

毛泽东接着点了一根烟，说道："我主张，目前不是急

四十九个昼夜

着去攻打中心城市,而是要大力巩固苏区,为做好下一次反'围剿'做准备。真正要打赣州,只有把四周农村群众发动起来了,游击战争普遍开展起来了,赣州城的砖就会一块一块搬掉,最后进入赣州。现在何必着急。"

中华苏维埃共和国中央临时政府副主席、中革军委副主席项英发表意见:"我认为,应该乘着红军取得三次反'围剿'的胜利,士气高昂,一举攻下赣州。"

有人呼应:"打下赣州后,把中华苏维埃临时政府从瑞金搬到赣州,就可以宣布中国革命在江西首先取得胜利,对全国革命高潮将起到巨大的推动作用。"

毛泽东说道:"我们是取得三次反'围剿'的胜利,但那是在敌强我弱的情况下,红军将士采取灵活机动的游击战术,诱敌深入,在运动中歼灭敌人。尽管红军队伍得到壮大,但敌强我弱的基本态势并没有改变。在装备和技术条件都不具备的情况下,贸然让红军去强攻大城市、中心城市,红军将会付出巨大的牺牲。"

"要革命就会有牺牲,共产党人、红军是不怕牺牲的。"苏区中央局委员、共青团中央书记兼共青团苏区中央局书记顾作霖插话。

毛泽东反驳:"我们是不怕牺牲,但不能让我们的红军指战员去做无谓的牺牲。"

顾作霖情绪激动:"我认为,泽东同志是过分夸大了敌人的力量,而低估了红军的力量。反对攻打赣州,就是反对中央

第一章　大战之后

的'进攻路线',这是严重右倾机会主义的表现。"

毛泽东针锋相对:"你说我反对打赣州是右倾机会主义,那我能否认为你不顾实际,坚持打赣州是'左'倾盲动主义的表现?"

"你……"顾作霖瞪大眼睛,欲言又止。

中革军委副主席王稼祥表态:"我认为还是要坚决执行临时中央的决定,攻打赣州城。"

与会多数或出于对形势的误判,或迫于临时中央的压力,表态同意攻打赣州。

毛泽东作最后的努力:"如果非得要打赣州,那也只能是围城打援,以消灭敌人有生力量为目的。"

聂荣臻回忆当时的情景:开始在瑞金开会研究打不打赣州时,我参加了这个会议。会上毛泽东同志提出赣州是敌人必守的坚城,红军技术装备差,很可能久攻不克,于我不利,反对打这一仗。在敌强我弱的情况下,毛泽东同志历来都是主张打野战、打运动仗的。毛泽东同志认为,即使要打,也只能采取围点打援的战术。朱德同志也是不赞成打赣州的。中央局和中央军委的一些同志却坚决主张打赣州。最后表决时,因为受中央1月9日发布的《争取革命在一省与数省首先胜利的决议》这条王明"左"倾路线的影响,总想在江西多打下几个大城市,赞成打的占了多数。苏区中央局的多数同志站在错误的一边,还是决定打。我因刚进根据地,对情况不清楚,会上没有发言。

四十九个昼夜

彭德怀后来在自述中回忆道：当时我想，赣州城是赣南的商业中心（三四万人口），也是反动中心。打下赣州，对发展和巩固赣南12县（赣南、南康、大余、上犹、崇义、信丰、龙南、定南、全南、寻邬、安远、会昌）有利；又能使湘赣苏区连成一片，巩固后方，使中央苏区形势更好，党中央和中央苏维埃政府在瑞金就比较安全。红军再向北发展，不仅无后顾之忧，而且有了一个新的态势，更有利于机动作战。这样，我们占江西省一大半。即南有中央苏区，西北有湘鄂赣边区，东北有闽浙赣边区，左有湘赣边区作依托。只想打开赣州，解放赣南，联系湘赣边区，巩固后方，保证瑞金（中央所在地）安全，然后再行北进。这样片面的想法，显然是脱离了当时客观政治形势的。

傍晚，周恩来来到朱德的住所。

"玉阶兄，这次做出攻打赣州的决定，我的心情不轻松啊！"周恩来神情凝重。

朱德说道："我知道，之前你已经陈情在上海的临时中央，作了努力。可临时中央逼得紧呐，苏区中央局大多数人也主张打，你是箭在弦上，不得不发呀！恩来你知道，我和润之一样，是反对攻打赣州的。现在既然决定要打，那就要动员红军将士以顽强的意志来打好这一仗。这是一场硬战恶战呀！"

周恩来说道："赣南会议后，润之被解除了在红军中的领

第一章　大战之后

导职务，这次他的意见又被否决了，大战在即，他身体不太好，我想让他到东华山先休养一段。东华山就在瑞金附近，有重要事情也便于联系。"

朱德深有感触："恩来，红军不能没有润之啊！自从1928年4月，我和陈毅带领部分南昌起义部队和润之率领的秋收起义部队在井冈山会师，朱毛就没有分开过。这些年，我和润之也有过争论，甚至有过争吵。可越是争论、争吵，朱毛越是不可分。润之的许多主张都被证明是正确的。恩来，我们对润之应多理解、多倚重、多支持呀！我坚信，你和润之最终一定会走到一起的。"

根据苏区中央局的安排，毛泽东在贺子珍和警卫员吴洁清、陈昌奉的陪同下来到东华山。

东华山，离瑞金10公里。一座始建于宋代的古庙掩映在翠松古柏之中。庙堂后墙紧贴着一堵岩壁，伸出数尺的岩石成了供奉佛位的神龛。古庙住有两个来自闽北的僧人，他们得知毛泽东的到来，特别高兴，腾出一间耳房给毛泽东和贺子珍夫妻居住，另腾出一间禅房给两个警卫员住。这里，古树森森，薄雾轻笼，的确是一个幽静养身的好去处。

然而，毛泽东无心享受这份幽静，刚安顿下来，他就对贺子珍说道："住在这古庙里，我不能与世隔绝、成了瞎子。你替我到山下找找报纸，我得了解外面的消息呀！"

贺子珍说道："知道了，我还不了解你，读书看报比吃饭

四十九个昼夜

还重要。我这就下山给你找报纸去。你就安心养病吧,以后找报纸的事就交给我好了。"

毛泽东自言自语道:"我牵挂着前方的战事呀!"

第二章　赣城之殇

天竺山，彭德怀做攻城部署。入夜，赣州城上的灯光突然全部熄灭。红三军团遭受内外夹击。项英带着中革军委急电扬鞭策马直奔东华山。危急中，毛泽东建议大胆起用红五军团。赣州战役，红军伤亡3000余人。

1932年1月10日，中革军委发布了《关于攻取赣州的军事训令》，做出攻取赣州的军事部署。

主力红军和地方红军分成主作战军、支作战军和机动部队三部分。

以红三军团和红四军为主作战军，由红三军团军团长彭德怀任前敌总指挥兼政治委员，担任攻城和阻援，其中红三军团第一、二、三师和红七军（军长张云逸、政委张纯清）1.4万余人攻城，并组成坑道队、爆破队和炮兵队配合攻城作战。

红四军（军长林彪、政委罗荣桓）为监视部队和地方工作部队，其第十、十一、十二师分别配置在南康、新城、杨眉寺地区阻击可能增援赣州的粤军，并在各自地区发动群众和建立军事交

四十九个昼夜

通,第十三师配置在塘江及其以北地区,监视并截击可能由赣州北逃之敌。

江西、闽西军区共六个独立师为支作战军,由江西军区司令员陈毅为总指挥负责,以游击战配合行动,具体的部署和任务是:江西军区独立第二师在澄江桥、独立第三师在筠门岭、独立第四师在广昌城各附近地区游击、警戒;独立第五师在万安西北钳制敌军并控制赣江交通;独立第六师在信丰城附近担任军区预备队;闽西军区独立第七师以主力向武平、一部向永定方向游击,并加强与江西区独立第二、三师的协同。

红三军(军长周志昆、政委葛耀山)、红十二、十六军和红五军团(总指挥季振同、政委肖劲光,下辖第十三、十四、十五军)负责牵制敌军和担任机动任务,其中,红五军第十三军担任总预备队。

1932年1月中下旬,红军攻赣参战部队依照中革军委训令,分别由会昌和石城地区向赣州开进。

2月4日,红三军团先头第七军进抵赣州东南郊天竺山和白云山一带。6日,攻城主力全部进抵城郊。

天竺山,攻城指挥部。彭德怀做了攻城的部署:第七军参战的五十五团、五十六团、五十八团主攻东门。第二师主攻南门。第一师主攻西门。第三师渡过章江占领水西街附近制高点,控制北门。2月13日晚开始攻城。

赣州城,马崑急忙向"驻赣绥靖主任"朱绍良和粤系军

第二章 赣城之殇

赣州城

阀陈济棠发电报求救,然后,带着一帮军官登上城门,进行紧急布防:拆毁外围工事,撤兵进城,以集中兵力,缩短战线,依城垣固守待援;第六十七团守东门、小南门、建春门;第六十八团守南门、西津门;各县民团大队分别协同守城;城墙上备足滚木、礌石和手榴弹。

赣州城下,攻城的红军和守城的国民党军即将展开一场惨烈厮杀。

东华山古庙里,毛泽东阅读着贺子珍最新搜集到的报纸,突然拍案而起:"子珍,快备笔墨。"

贺子珍一怔:"润之,出啥大事啦?"

四十九个昼夜

毛泽东说道:"1月28日,日本侵略军进攻上海,国民党驻军第十九路军广大官兵在全国人民要求抗日的影响下,奋起抗战。我要起草一个《中华苏维埃共和国临时中央政府宣布对日战争宣言》,旗帜鲜明地表明我们的态度。"

贺子珍铺纸研墨。毛泽东奋笔疾书:日本帝国主义,自去年"九一八"以武力强占中国东三省后,继续用海陆空占领上海、嘉定各地,侵占沿海沿江各地,用飞机大炮屠杀中国人民,焚烧中国房屋。在东北及淞沪等地,被损害的不可计数。这种屠杀与摧残,现在仍在继续发展……中华苏维埃共和国临时中央政府特正式宣布对日战争,领导全中国工农红军和广大被压迫民众,以民族革命战争驱逐日本帝国主义出中国,反对一切帝国主义瓜分中国,以求中华民族彻底的解放和独立……

南京,蒋介石紧急召见驻守吉安的第十八军军长陈诚。

蒋介石用人有三个不成文的规定:一是重用黄埔系出身的军人(因为蒋介石是靠黄埔系起家的);二是重用同乡;三是重用对自己忠诚的人。陈诚是三者兼备。

"辞修,这次共军攻打赣州,是志在必得,而我,对赣州是志在必守,赣州城决不能落在共军手中。你对共军这次攻打赣州怎么看?"蒋介石问道。

"校长,据我了解,共军这次攻打赣州,虽是动用了全部主力,但真正用在攻城的兵力只有红三军团的1.4万余人,共

第二章　赣城之殇

军中战斗力强悍的红四军却部署在粤赣边界一线，防我粤军增援。而赣州之北，只部署了湘赣独立第五师。共军在阻援上是重南轻北啊！"

蒋介石若有所思："辞修，你不觉得这次共军攻打赣州的排兵布阵与过去'朱毛红军'的一贯打法不太一样吗？"

陈诚说道："是大不一样。过去，'朱毛红军'和我们打游击战，毛泽东提出'十六字诀'，所谓'敌进我退，敌驻我扰，敌疲我打，敌退我追'，和我们玩'躲猫猫'，我们很难找到共军主力，一不小心还被反咬一口。而现在，毛泽东被剥夺了红军的指挥权，毛泽东的那一套游击战术也被否定了。他们提出攻打中心城市，打'阵地战''街市战'。过去，我们找共军主力决战老找不着，现在是红军主力主动送上门来，在我们的城门口叫阵了。"

蒋介石说道："王明、博古这两个书呆子做了我蒋某人想做而做不到的事啊！赣州，与其说是钉子，不如说是诱饵。我已电令朱绍良，责成守城马崑旅一定要坚守待援，弃城撤退者，严惩不贷。哼，共军重点防备我从南部增援，我就反其道而行之。你立即组织两个主力师从北面驰援赣州，对攻城的共军形成内外夹击，一举歼灭彭德怀的红三军团。"

陈诚说道："我立即任命第十一师师长罗卓英为前敌指挥，率第十一、十四师前往增援。只是……校长，现在上海抗日战事正紧……"

蒋介石摆摆手："我本来就不同意第十九路军和日本军队

打这一仗。共军这次攻打赣粤州，倒给我'攘外必先安内'提供了说辞。当前，解赣州之围，剿灭共军要紧呐！"

陈诚站起来说道："校长，辞修明白了。"

蒋介石接着召见了军政部部长何应钦："敬之，你以国民政府军政部的名义通令各部队，上海的十九路军有三师十六团，无须援兵，尽可支持。各军将士非得军政部命令而自由行动者，虽意出爱国，亦须受抗命处分。"

何应钦连连点头："好的，我来安排落实。"

蒋介石说道："共军正在攻打赣州，我已命陈诚让罗卓英率两个师从吉安沿赣江西岸向南驰援赣州。你速电令陈济棠的粤军派出两个师的兵力由南雄沿粤赣公路出大庚、南康北援。"

蒋介石说完，站了起来，背着手来回踱着步说："敬之，鉴于当前形势，我准备让出大庚钨矿给陈济棠的粤军？"

何应钦问道："陈济棠号称'南天王'，明里暗里与我中央政府分庭抗礼，委座为何还准备让出大庚钨矿给粤军。"

蒋介石叹了口气："我的条件是粤军必须从福建、赣南、粤北几个方向积极配合我对中央苏区的'围剿'。粤军的第一军军长余汉谋还是会带兵打仗的。舍不得孩子套不住狼啊！"

2月13日晚，赣州，攻城战斗打响。红军指战员以十人为一组，抬着云梯在炮兵和机枪火力的掩护下，冲到城墙根，架起云梯登城。

国民党守军依仗坚固高大的城墙，加强火力拦截，滚木、

第二章 赣城之殇

礌石、手榴弹雨点似地砸向登城红军。爬上云梯的红军战士被礌石砸中、子弹射中，一个个从云梯上跌落下来，红军战士前赴后继，又一个个从云梯上跌落下来。一架架被手榴弹炸断的云梯带着上面的战士摔向地面。

攻城部队一次次失利。城墙下，堆满牺牲了的红军战士的尸体。

天竺山指挥部，彭德怀放下望远镜，向红七军军长张云逸下命令："放弃云梯登城，改为以坑道爆破攻城。"

张云逸指挥红七军迅速占领了东门外的一条街道，在街中间用麻袋装上沙土垒成工事，架起两挺机枪封锁城门，掩护爆破队挖坑道。坑道口选择在街道前的一个土坎后面，距城约四五十米远。红三军团特意派来一名挖过坑道、曾爆破会昌城墙的土专家做技术指导。

东门城楼上的国民党守军发现攻城红军在挖坑道，立即集中火力向坑道口射击，并投掷手榴弹、汽油瓶，对坑道作业造成极大威胁。红军战士冒着枪林弹雨，坚持作业。经过一个昼夜，挖出了一个坑口。但由于坑口小，作业面窄，工程进展较慢。爆破队20多人分成两组，轮流作业，日夜不停。四五天后，才挖进20多米。由于洞内空气越来越稀薄，战士们挖不多久，就喘不过气来。后来，甚至连油灯都点不着了，但仍在继续。

2月20日，农历正月十五，赣州城激战正酣，而远在

四十九个昼夜

闽南漳州的国民党陆军四十九师的军官们却忙着寻欢作乐过元宵。

四十九师师长张贞,福建诏安四都东峤村人,少年时就读于漳州府中学堂,辛亥革命后入保定陆军军官学校第二期炮兵科学习。曾任方声涛的福建靖国军营长、旅长,福建自治军前敌司令。1926年10月,任国民革命军独立第四师师长,率部随何应钦的北伐东路军出兵福建。1927年6月,出任南京卫戍司令。1928年1月,奉命调往福建,任福建"围剿"军司令,驻漳州,并分防龙岩。

元宵夜,张贞在卫兵的簇拥下,到市区中山公园观赏花灯,然后来到"府程"附近的一家"潮味馆"。正当张贞听着潮州音乐,品尝着喜爱的潮州菜时,参谋长肖樾走进来,在他耳边小声说:"师座,江西的共军正在攻打赣州城。"

张贞放下筷子,有些不屑:"赣州离漳州远着呢,江西的共军攻打赣州城关我什么事?"

肖樾提醒道:"赣州三面环水,城墙坚固,而漳州却没有城墙……"

张贞打断肖樾的话:"漳州没有城墙,可天宝大山阵地就是最坚固的城墙。哼,我就不信,江西的共军还敢打上门来?"

张贞没有想到,一个多月后,远在江西的红军主力还真的打上门来了。

赣州城外,红军的坑道作业在艰苦进行,终于,把坑道伸

第二章 赣城之殇

展到了城墙下。2月23日早晨,正当爆破队准备把装好炸药的三口棺材抬进坑道药室时,被东门的守敌发现了。

敌团长下令一个营在重机枪、迫击炮的掩护下,打开东门,向挖坑道的红军冲来。担任掩护的红军部队立即组织还击,将冲过来的100多名国民党军大部消灭,余敌又逃回城中。

坑道队迅速把炸药抬进药室,安上导火索。这时,先锋队也转到了前面,接近城墙。红五十五团、五十八团在街道后面的一大块空地上集结,准备炸塌城墙后从缺口攻入城中。

23日上午10点多钟,总指挥部下达爆破城墙的命令。爆破队派三个战士点燃了导火索,一声巨响,城墙被炸开几十米宽的缺口,守敌当场被炸死二三百人。由于药量计算不准,爆破时城墙向外倒塌,70多人的攻城先锋队,因靠城墙太近,也大部分被埋在土里,最后只剩下四人。这四个先锋队员奋不顾身地冲上前去,占领了城墙,但没料到,城内还有敌人的第二道防御工事。

原来,有两名国民党"投诚"的士兵又偷偷跑回城里,向马崑告密,马崑遂将东门内铁匠街的民房拆毁,筑起了第二道防御工事,同时将守城兵力增加到一个团。红七军虽然炸开了东门城墙,炸死守军营长李自林等200余人,但也遭到很大伤亡,红军组织四次冲锋均被打退,东门攻城失败。而攻打西门的红一师和主攻南门的红二师,因坑道积水,引爆失败。红军第一次总攻受挫。

四十九个昼夜

爆破攻城失利后，张云逸亲自给红七军全军做政治动员，要求指战员总结经验教训，发扬连续作战和不怕牺牲的革命精神，坚决攻下赣州城。

红七军再次组织了爆破队，张云逸指定姜茂生为爆破队队长，重新组织了20人的爆破队和40人的敢死队。红七军爆破队由于有了挖坑道的经验，这回挖得很顺利，不到一个星期，就挖了一条长70米、高1.5米、宽1米的坑道，并把装炸药的棺材放好。

2月19日，由罗卓英率领的陈诚部第十一师、十四师两师人马在泰和集中，2月21日，行进至赣州西北15公里的沙地、横井一线，2月29日，全部进抵赣州西北郊。援敌在赣州北门外架起浮桥，与守城的马崑部队取得联系。

此时，广东陈济棠派出的一个旅的增援部队在新城遭到红军伏击，被歼两个营后，又退了回去。

深夜，马崑冒险出城与罗卓英会面，二人商定缩小阵地，增兵进城，内外夹攻，以解赣州之围。

罗卓英连夜派十八军十一师三十二旅旅长黄维带领两个团和一个工兵营潜入城，又命令其一部包抄红军侧面。黄维率部入城后，立即接替北门、西门、南门的守备。这一行动未被红军发觉。

得知罗卓英率增援人马向赣州开进的消息后，轻易不服

第二章　赣城之殇

输、不言退的彭德怀犹豫了。他和滕代远商量："如果继续攻城，不但部队将会遭到更大伤亡，赣州城也很难攻破。"

滕代远说道："彭总，我的意见，致电中革军委，说明情况。"

2月23日晚，彭德怀和滕代远两人联名致电中革军委，提出攻破赣州城希望很小。

然而，中革军委攻城的决心不为所动。3月1日，中革军委将总部移至赣州前线，直接指挥攻城，并在当天发布了《关于坚决夺取赣州乘胜消灭来援敌人的训令》(以下简称《训令》)。《训令》不仅明确了战役决心，而且一竿子插到底，对战役部署调整和部队行动做了具体的指示和要求：我军围攻赣城，直到现在，经过24天，中间一度爆炸，因技不精，攻城未克，而敌援已至。可是坚决夺取赣州，乘胜消灭来援敌人，开展中国苏维埃革命在一省或数省首先胜利，是红军目前的中心任务，每一个红军战士，应克服一切困难，迅速地完成这个巨大的使命。

《训令》对敌情进行了分析：困守赣城之敌原为马崑二团，及靖匪合编成一团，枪支好坏不过2500支，与我支持20多天以来，已弹尽力疲，不堪再战，可是从昨(29)日援敌到达以后，士气一时兴奋，弹药得到一点补充，这种情形，当然可以增加其继续困守孤城的决心。

《训令》指出援敌情况：援军为十一师(6个团)、十四师(6个团)、二十八师(2个团)、四十三师(4个团)，共18个团，于

四十九个昼夜

2月26日在遂万分进,于29日向沙地合击。昨日其主力已抵赤朱岭,其先头即在赣城西北门之间,与马崑部强迫架桥,昨晚已有一部进驻城内。国民党军援军为余汉谋第一军,共2师1旅1教导团,驻南雄、始兴一带,似有相援模样。

《训令》分析了形势:自红军开到赣南工作以来,不过24天,发展了信丰、大庾、崇义、上犹、遂川等县苏区,使湘赣苏区与中央苏区取得密切的联系,建立了许多赤色政权,加强了独立第八师,扩大了一部分红军,把赣州孤城完全包围在红军版图的核心里面。目前各军战士,任何方面都优于敌军,不仅有把握攻下赣州,并且可以乘胜消灭远道来援的敌人,使我军更顺利地夺取吉安。

《训令》提出红军应当采取的策略:一是最高限度地利用上述的第一种可能,乘敌出击时即行炸城,使城内城外敌军,一起解决,即乘胜追击远道来援之敌,进而夺取吉安;二是红三、四军,应对前进粤军渐次紧缩,以迟延时日,不宜过早放弃南康、塘江;三是守敌如继续坚守不出,与红军作持久战时,红军更应以周密的布置、坚决的行动,夺取赣州。

《训令》对红军各攻城部队下达命令:坑道队及爆炸队应提高全部作业人员的奋斗精神,增进劳动强度,加紧工作,必须于3月2日晨敌军出击时,所有的坑道均能有效地爆炸。假使敌军3月2日晨不出击,坑道作业也必须多一二天工作,使技术更加完备。

《训令》要求:西门的红一师及南门的红二师,应克服一

第二章　赣城之殇

切困难，在2日晚10时以前派一部分队伍，利用木排，在木排上砌沙袋及钢板，准备在浮桥边与国民党军作战，并彻底破坏国民党军的浮桥，以断绝国民党军两岸交通；命令红七军待东门炸开时，即担任东门之进攻，须注意巷战原则不宜多用兵力于街道上，最好采用屋面战术，使巷战更多进展；命令红三师待红十五师接防部队到达后，即集结在画眉垅附近，准备随时增援东门一带攻城军；另要红十三军抽调迫击炮连，位置于赣城东门对岸，与先由红十四军调来的迫击炮连，对目标成交叉射击，敌如由小南门出击时，须能对该方施行有效的射击；命令红十三军为总预备队，位于花子林一带候命，用电话与军委联络。

《训令》指示：所有河东沿江部队，均暂归红五军团总指挥肖劲光指挥。在敌军浮桥未破坏以前，河东部队以火力遮断敌军浮桥上的交通，同时保护我梅村浮桥；红十五军应在三江口至五里亭沿江监视北路敌军渡河；红三军如受粤方敌军压迫时，沿信丰、南康、潭口之线逐次集结，靠紧主力，准备与主力军共同作战，不然须在现驻地区工作；红军不能轻易放弃塘江、南康之线，须保持该地区为我军机动枢纽、进出门户；红三军驻信丰，红四军在南康，红三军团在赣县各地，并须充分准备粮食，同时筹备红五军团米粮。

3月1日，国民党军第十一师先头第三十一旅推进至黄金渡、欧潭、黎人坡之线，第三十二旅进至横石、神北、通天

四十九个昼夜

岩；第十四师先头第四十一旅进至南桥、杨梅渡之线，第四十旅进至赤珠岭、火榜桥。

3月2日，罗卓英以第十四师和第十一师六十二团在双佛岭及其周围地区待命，以第十一师三十一旅（欠第六十二、六十三团）控制长塘下，亲率第十一师三十二旅和第三十一旅六十三团进入赣州城。为解赣州之围，罗卓英决定主动出击，同时，为减少出击时的伤亡，在西门南侧100米处至南门西侧300米处城墙掘开3条坑道，作为突然出击的出口。

3月4日，彭德怀、滕代远向红三军团全体指战员下达了坚决夺取赣州城的命令，要求"每个红色指战员应在军事委员会正确指导之下，安心继续加紧攻击准备……谁若在继续进攻的进程中表现出丝毫的颓丧与动摇，谁便是不了解艰苦战争的机会主义"。

同日，王稼祥以中国工农红军总政治部的名义下发了《告红军战士书》，号召红军指战员要以"铁一般的坚决和顽强性来实行持久战，来拿下赣州"。

红色根据地《红色中华》报刊登了题为《红军围攻赣州中 马崑恐慌万状 赣城不日可下》的通讯：马崑这次孤军死守赣州，意在待援，目下见南下的小军阀陈诚公秉藩部，节节受红军限制，致不敢坚决行动，复加我三军团于廿三日轰炸，爆裂很宽，更加吓得马崑屁滚尿流恐慌万状，我军当日（廿三）因爆炸不好，致未成功，现攻击各部队，更加坚决努力地

第二章 赣城之殇

进行作业，至自团长师长政委亲自下手挖泥排水的，现在各部坑道都是很好成绩，只待不日之总攻令一下，便可把赣州夺取来。

红三军团再次发起总攻。红七军将东门附近城墙炸出宽约60米的缺口，炸死敌兵200余名。但因敌人事先获得消息，在东门内赶筑了新的防御工事，设置坚固的火力点，凭险顽抗，红军连续发起四次猛攻，均未攻入城内。第二次总攻又告失败。

此时，红军发现了国民党援军架浮桥进城，即派出一支部队前去阻击，并在水中漂放大树和"火船"去撞击敌军的浮桥和渡船。红军战士驾驶小船直冲敌阵，快要接近浮桥时，将煤油浇在船上点燃，再跳入水中往回游。由于国民党军火力密集，驾船的战士纷纷中弹落水。用"火船"烧断浮桥、阻止国民党军渡江进城的行动失败。3月5日晚，国民党军两个团架浮桥成功入城，而后，暗中在城墙内侧向城外打洞。

3月7日凌晨2时，赣州城上的灯光突然全部熄灭，一片漆黑。国民党军分三路向攻城红军发起反击。

罗卓英以进入赣州城的四个团和第三十四旅一部，分别由新掘的城墙通道和小南门秘密潜出，对红军攻城部队发起突然袭击。与此同时，部署在双佛岭地区待机的第十一师六十二团由杨梅渡强渡章水，从侧后与城内出击部队里应外合，内外夹

四十九个昼夜

击红军，将红一师和红二师大部合围于章江和赣州城狭小的三角地带。守军马崑的一个团此时也从东门出击，直指红三军团团部所在地天竺山。

由于攻城红军已连续奋战一个月，十分疲劳，加之缺乏警惕，面对敌人的反击，红一师一时措手不及，失去建制，各自为战。红一师政委黄克诚正在师指挥所里，隐约听到枪声，便立即把师长侯中英唤醒。侯中英听到枪声，便急忙跑出去指挥部队。黄克诚率部离开师指挥所，在一个比较隐蔽的地方设立新的指挥所，并与军团司令部取得联系，建议立即撤退突围，但没有得到军团部批准。听枪声越来越近，黄克诚只好采取机动措施，先让师机关带领直属队撤到南门以东的山上去。在师机关撤出后，黄克诚率部机智通过南门外敌机场，把部队先撤了出去。为通知红二师尽快撤离，黄克诚急忙赶到红二师指挥所，建议红二师师长郭炳生指挥部队撤退。郭炳生不同意撤走，坚持等候上级命令再行动。

在红一师遇险之际，国民党军也包抄到爆破队的后面。危急时刻，黄克诚组织部队反击，第二团团长曾春鉴、政治委员方强率部英勇奋战，给国民党军以重大杀伤。

正如毛泽东先前所料，红军不仅攻城不下，反陷入国民党军队内外夹击的危险境地。

危急时刻，朱德想起了毛泽东，他焦虑地对周恩来说道："看来要请润之下山了。"

周恩来说道："以中革军委的名义，请润之下山。"

第二章　赣城之殇

很快，朱德拿着起草的电文，找来项英："项英同志，情况紧急，你立刻火速赶到东华山古庙，请润之暂停休养，赶赴前线参加决策。"

项英由于在是否攻打赣州问题上与毛泽东意见相左，与其有过激烈的争论，这时让他去请毛泽东，他便有些犹豫。

朱德说道："我跟恩来商量过了，你是中华苏维埃共和国临时中央政府副主席，由你去请润之最合适了。"

项英没话可说，带上警卫员，冒着细雨，扬鞭策马直奔东华山……

东华山古庙里，毛泽东彻夜难眠，不停地吸着烟。他的脑海里，满是硝烟弥漫、火光冲天的赣州城墙，他仿佛看到一排排红军战士前赴后继，倒在城墙下。此时的他，正经历着精神上的煎熬。让他痛苦的是，好不容易在三次反"围剿"中壮大起来的红军队伍正面临一场灾难，而这场灾难是可以预见并且避免的。他尽力了，却没能阻止灾难的发生。他现在唯一希望的是，攻城的红军能够突破国民党军队的内外夹击，保留有生力量。

天色渐渐亮了，这时，传来一阵急促的敲门声。毛泽东意识到了什么，立刻披上衣服，打开庙门，来人正是项英。

项英向毛泽东转交了中革军委来电，气喘吁吁地说道："润之，我红三军团受到国民党军内外夹击，情况危急。请你立即下山，到江口中革军委前线指挥部商议对策。"

四十九个昼夜

毛泽东展开电文，只见上面写着：我军攻打赣州至今，苦战一月不胜，请主席暂停休养，赶赴前线。

毛泽东对项英说道："项英同志，你先回，我随后就到。"

项英走后，毛泽东对贺子珍和警卫员吴吉清说道："赶快收拾一下，去瑞金。"

"去瑞金？不是要去前线吗？"贺子珍问道。

毛泽东说道："我必须先赶到瑞金，给中革军委发个电报，等到前线就来不及了。"

这时，天色渐渐阴沉下来，一阵风过后，下起雨来。吴吉清回忆当时的情景："我们跟着主席，顶风冒雨，踏着泥泞的山间小道，离开了东华山古庙。虽然我们都拿着伞，但由于风狂雨大，衣服全湿透了，雨水从头流到脚。我们深一脚浅一脚地向前走着。从我们在毛主席身边这几年的经验看，这样匆忙地赶往瑞金，肯定前方有急事，正等着毛主席去解决。"

下午3时左右，毛泽东到达瑞金，他直奔红军大学，找到中革军委总参谋部参谋处处长、红军大学军事教员郭化若，通过设在红军大学的无线电台致电朱德，建议大胆起用预备队红五军团，以解红三军团之围。

红五军团，是一支由原国民党第二十六路军在宁都起义之后改编的部队。1931年11月底，蒋介石了解到该军中有中国共产党活动，即电令军长孙连仲查办。孙连仲恰好不在军中，电文由副军长兼参谋长赵博生获得。赵博生已于不久前秘密加

第二章 赣城之殇

入中国共产党。事不宜迟，赵博生争取到二十五师七十三旅旅长董振堂、第七十四旅旅长季振同及团长黄中岳等人的支持，开始筹备起义。苏区中央局得到赵博生等人的报告后，即派王稼祥、刘伯坚和左权赴二十六路军联络，同时派红四军红十二师前往接应。

1931年12月14日，二十六路军除城北二十五师的一个团被二十五师师长李松昆带走外，其余宁都驻军1.7万余人全部参加起义，起义部队参加红军，改编为红五军团。

毛泽东以苏区中央局代理书记和中华苏维埃共和国临时中央政府主席的身份，负责指导红五军团的建设工作。在红五军团，同其他红军一样，建立了政治委员制度。毛泽东找来即将就任的红五军团政治委员肖劲光谈话。他说道："对这支部队，要努力按照红四军第九次党代表大会决议（古田会议决议）的精神办事，建立党的领导，加强政治思想工作。对起义的军官，愿留下的，欢迎，组织他们学习，进学校，搞干部教育；对要求走的军官，欢送，发给路费，来去自愿。"他又对即将就任红五军团十三军政治委员的何长工说道："宁都起义部队相信日本士官生、留洋生和保定、黄埔军校的人，因此我们要搞些'假洋鬼子'去，否则压不住台。你有改造起义部队的经验，首先要把十三军搞好，这一炮打响了，就会影响十四军，鼓励十五军。"经毛泽东批准，中革军委从红军中选派了一些有改造旧军队经验和出国留过学的干部刘伯坚、左权、宋任穷、朱良才、程子华、朱瑞、唐天际、赖传珠等到红

四十九个昼夜

五军团工作，并任命刘伯坚为红五军团政治部主任。

整编后的红五军团迅速成为红军中的一支劲旅。这支部队打仗有一个特点，紧要关头手持大刀、赤膊上阵，与敌军短兵相接，极具震慑力。为此，中央苏区有"红一军团的冲锋，红三军团的包抄，红五军团的大刀"之说。

致电朱德之后，毛泽东连夜从瑞金动身，经西江、小密、黄龙、梓山，途中乘船沿赣江顺流而下，于3月8日上午到达赣县的江口，下船后便直奔设在江口附近的中革军委前线指挥部。

朱德接到毛泽东的致电后，即指示红五军团增援赣州。当3月7日凌晨国民党军向攻城部队发动反击时，朱德亲率警卫营和红五军团第十三军赶来增援。当日下午3时，红军在赣州城郊天竺山、白云山一线同敌人展开肉搏战。红五军团指战员们脱去上衣，手持大刀跃入敌阵猛砍猛杀，迫敌退回城里，解除了红军各攻城部队之围。

朱德一见毛泽东就说："润之，按照你在瑞金复电的意见，把预备队红五军团拉了上来，迫使敌军退入赣州城，红三军团已经脱险了。目前红军与敌人隔江相望，处于对峙局面。"

听说红三军团已经脱险，毛泽东轻轻松了一口气。

赣州战役，历时33天，攻城红军以失败告终。红军伤亡3000余人，红四军第十七师政治委员张赤男、红五军团第十三军三十七师政治委员欧阳健等十名师团干部英勇牺牲，红

第二章 赣城之殇

三军团第一师师长侯中英被俘后遭敌杀害。

关于赣州战役的教训，过后红军将领和军史专家从多个角度进行了反思总结，认为主要集中在以下三个方面。

第一，误判形势，实施攻打中心城市的错误方针。临时中央领导推行"左"倾教条主义错误路线，不顾"一·二八"事变形势发生的变化和敌强我弱的实际情况，强令红军攻打中心城市。而当时苏区中央局和中革军委领导层多数人对革命形势的判断受"左"倾的影响，也坚持打赣州。彭德怀回忆道："从政治形势看，当时处在'一·二八'事变的形势下，应当高举抗日民族革命战争旗帜，以停止内战，开赴抗日战争前线为号召，改变某些具体政策，适应开展抗日民族统一战线工作。红一方面军主力应当开向闽浙赣边区，以援助上海抗战来组织抗日力量，开展政治攻势，揭露蒋介石一切卖国阴谋。按上述方针，打通中央苏区和闽浙赣边区的联系，扩大苏区，扩大武装力量，为以后反'围剿'准备条件。打赣州不仅没有利用'一·二八'事变，高举抗日旗帜，在政治上打击蒋介石国民党，反而给蒋介石'攘外必先安内'的反动政策找到了借口。"

第二，在作战指导上违背机动灵活的作战原则。赣州战役的失利，作战指导上违反了红军一贯坚持的战略上持久，战役战斗上速决；战略上以少胜多，战役战斗上以多胜少；分兵以发动群众，集中以应付敌人等重要作战原则。要求没有攻城装备的红军强行攻打坚固的赣州城，打了一个多月，把速决战打成了持久战。而在久攻不克、敌军援军即将到达的情况下，没有实施打得赢就打、打不赢就跑的作战方针，结果不但城攻不下来，主攻部队反倒被增援的敌军反包围在赣州城下。

第三，在作战组织准备和指挥上出现重大失误。一是地形、敌情不明，贸然攻城。当时的前敌指挥部对敌防御坚固程度和防守兵力估计过低。彭德怀在自述中讲道："对敌兵力估计过低，实际守城敌军比估计大一倍以上。此事，直到1965年看到政协出版的文史资料登载当时守赣州的旅长马崑写的一篇守赣州经过，才知道马旅是8000余人，地方团队经过改编整训1万余人，共1.8万人。我三军团兵力才1.4万人……敌情没有弄清楚，就贸然攻坚，这也是一次严重的错误。"二是平分兵力，没有把攻城兵力集中在主要进攻方向上。红军用于攻城的部队是红三军团的三个师和红七军。红七军主攻东门，红一师主攻西门，红二师主攻南门，红三师则越过章江，在江对岸控制北门。章江很宽，实际上只能是隔岸观战。而当时红军的编制，每个师也就一个团的实力。1万多兵力分三个方向攻城，每个方向就一个团的实力，形不成拳头。三是对增援之敌重南轻北。把战斗力最强的红一军团第四军配置在赣粤边界阻粤军北援。战役打响之后，在赣州之南，除粤军小部队外，并无援军，使打援敌的红四军在赣粤边界无用武之地，却不能回援攻城。而在赣州之北，由于判断失误，以为蒋介石不会出援，只部署湘赣独立第五师来牵制蒋军，根本抵挡不住敌两个师四个旅约两万人的援军，致使攻城的红三军团陷于反包围之中。四是没有采用围城打援战法。当时罗卓英率两个师从吉安沿赣江西岸南援，粤军两个师六个团由南雄沿粤赣公路北援，如果集结红军主力第一、三军团于南康机动位置，另以其他部队围困赣州城进行佯攻，变攻城为主、打援为辅为攻城为辅、打援为主，消灭其任何一路援军，也是一个胜仗。彭德怀后来回忆道："那次消灭两路援军的任何一路都是最好的机会，但我未积极建议打援。"五是没把握好撤围时机。敌两万多援军参战，基本上宣告红军攻赣失败。此时，无论在实力上和士气上都是敌涨我消。疲惫之师，理应立即撤围。但苏区中央局并没有同意撤军，失去了在被动中争取主动的最后机会。黄克诚回忆道："临战于我十分不利的情况下，又不准部队撤退突围，遂导致重大损失。"

第三章　挥师东进

江口会议。毛泽东随红一军团行动。周恩来接受毛泽东意见，决定将中路军改称为东路军，向闽西发展。毛泽东对贺子珍说："快做几个菜，多放些辣椒，我饿了。"

1932年3月12日，中革军委发布命令，重编红军第一军团、第三军团、第五军团，以四军、十五军编为一军团，林彪为总指挥，聂荣臻为政治委员。以五军、七军、十四军编为三军团，彭德怀为总指挥，滕代远为政治委员。以三军、十三军编五军团，季振同为总指挥，董振堂为副总指挥，肖劲光为政治委员。

毛泽东到了江口后，经过调查，提议苏区中央局开会，总结攻打赣州的教训。他希望通过吸取赣州战役教训，红军能够摆脱"左"倾教条主义错误的影响，调整行动方向。

1932年3月16日，周恩来主持召开了有苏区中央局成员、中革军委成员和红军各军团主要负责人参加的苏区中央局扩大会议（史称江口会议），讨论攻打赣州的经验教训和红军今后的行动方针。

第三章　挥师东进

毛泽东听取了各军团首长的汇报后,对攻赣失利造成红军严重损失无比愤慨,他严厉地批评了攻打赣州的错误,指出:"这次攻打赣州,至少有以下教训。第一,丧失了发动群众、壮大红军、巩固与扩大苏区的宝贵时间。第二,客观上缓和了陈济棠和蒋介石的矛盾,使我们的处境变坏了,而不是变好了。"

会议首先围绕红军是不是继续攻打赣州展开争论。

有人坚持红军要继续攻打赣州,认为赣州还是可以打下来的。毛泽东则坚决反对继续攻打赣州,认为红军攻打赣州已经付出血的代价,即便赣州打下来也守不住。会议同意毛泽东的意见,放弃攻打赣州。

接着,会议又围绕红军今后的行动方针展开激烈的争论。毛泽东提出:"红军主力应向敌人力量比较薄弱、党和群众基础较好、地势有利的赣东北发展,在赣江以东、闽浙沿海以西、长江以南、五岭山脉以北广大地区开展游击战,扩大革命根据地。同时,以抗日民族革命的口号,声援上海'一·二八'事件,推动全国抗日。"

然而,受临时中央的影响,毛泽东的意见遭到苏区中央局多数人的反对,反对者措辞激烈:

"红军攻打赣州是依据中央的决议,政治上是正确的,只是在战略战术上有些错误和缺点。不能因为赣州战役的失利,就动摇执行中央'进攻路线'的决心。"

"赣州战役还是有意义的。通过这场战役,我们取得了攻城经验,对下一步攻打中心城市是有帮助的。"

四十九个昼夜

"润之的意见是曲解赣州战役的教训，犯右倾机会主义的错误。"

"红军主力应夹赣江而下向北发展，相继夺取中心城市或较大城市。"

"在江西的红军应当以赣江流域为中心，向北发展创造苏区来包围赣江流域的几个中心城市——赣州、吉安、抚州，以便利于我们迅速地夺取这些城市，这样来争取江西的首先胜利。"

面对分歧，周恩来必须做出选择。最后，周恩来还是选择了大多数人的意见。虽然这时的周恩来还是一般地执行临时中央的"进攻路线"，但对攻打中心城市、大城市的态度发生了微妙的变化。赣州战役毕竟给了周恩来一个深刻的教训，使他意识到，冒险攻坚是不可取的。这时的他对苏区的实际情况有了进一步的了解，在认识上开始趋同于毛泽东。

会议提出"创造苏区来包围……中心城市""创造苏区包围赣州，以便利将来赣州之夺取"。也就是说，不是继续冒险攻打中心城市，而是"准备"攻打中心城市，不是现在夺取赣州，而是创造必要条件，"将来"夺取赣州。

会议决定：以红一军团、红五军团组成中路军，以红三军团、红十六军等组成西路军，分别进行作战。会后，中革军委命令西路军应赤化赣江西岸，并相继夺取几个城市；命令中路军须迅速集中宁都，以宜黄、乐安、崇仁为目标，努力争取三县苏区，并相继夺取几个中心城市或较大城市。

第三章 挥师东进

周恩来极力在临时中央的决策和苏区实际中寻找平衡，尽管这种平衡是艰难的。

过后，朱德对江口会议没有采纳毛泽东的正确意见感到非常可惜。1961年2月9日，朱德经江西沿山县到闽西视察，曾写下了一首《经闽西感怀》：不听仙人指，寻求武夷巅。越过仙霞岭，早登天台山。赣闽成一片，直到杭州湾。出击求巩固，灭敌在此间。

朱德在诗后特地作注说明：一九三二年春，毛主席主张以红军一部，由赣东北向福建方面发展，通过出击来巩固和扩大苏区，在武夷山、仙霞岭、天台山一带，发动群众，开展游击战争。可是毛主席这一正确的指示，没有被执行，红军的一部主力，反而南下去攻打当时的中等城市赣州，结果整个形势，由出击变为防御。这是与毛主席在第二次国内革命战争期间整个战略指导思想相违背的。

当汽车途经武夷山沿公路盘旋而上到达岭头时，朱德特意让车停下来。他走下车，登上一个小山包，向远处山峦瞭望了好久，感慨万分地对身边人员说："1932年春，王明'左'倾教条主义路线极力推行进攻中心城市的错误方针。当时以红军一部分去攻打赣州，结果没有打下来。毛主席针对这种错误方针，提出向闽浙赣地区挺进，从这一带一直向浙江方面发展，但这正确主张未被采纳。结果力量分散，使我军更加被动，直到毛主席率部攻下漳州后，才扭转了当时的形势。"

四十九个昼夜

江口会议，毛泽东的意见虽没被采纳，但周恩来提出，毛泽东随红一军团行动。这一安排至关重要。可以说，如果没有这一安排，就没有后来毛泽东"率部攻下漳州""扭转了当时的形势"的军事行动。

红一军团的主力红四军是朱德、毛泽东从井冈山带出来的队伍。1928年4月，毛泽东率领的秋收起义部队与朱德、陈毅等率领南昌起义保留下来的部分部队在井冈山宁冈会师。根据中共湘南特委的决定，两支部队合编为工农革命军第四军，由朱德任军长，毛泽东任党代表。5月25日，改称为红军第四军，尔后随军团编入红一方面军。11月，成立红四军前敌委员会，毛泽东任书记。红四军在朱德、毛泽东的领导下，打破了国民党军队对井冈山革命根据地的多次围攻，于1929年1月起向赣南、闽西进军，开创了赣南、闽西革命根据地，奠定了后来中央革命根据地的基础。可以说，毛泽东是这支部队的"老领导"了。

毛泽东在随红一军团北上宁都集中的途中，不失时机地向林彪、聂荣臻阐述中路军向闽西发展的主张：中央根据地沿赣江向北没有多少发展余地，国民党"围剿"大本营就设在南昌。如果向西发展，有赣江梗阻，大部队往返不方便，而且在赣州战役之后，国民党军在赣江以西、袁水以南又增加了两个师，总兵力达到七个多师。向南发展则必然会和粤军的主力相撞。红军的策略应该避强击弱，向东发展最为有利。向东则一

第三章 挥师东进

来有闽西老根据地作依托,二来闽南尚有广阔的发展余地,是一个最好的发展方向。

毛泽东分析得很在理。聂荣臻表态:"毛主席的意见是正确的。我完全同意。"

林彪说道:"我完全赞同主席打出外围,向东发展的主张。我和荣臻同志一起致电中革军委,建议采取毛主席的意见,将中路军的行动方向改向闽西。"

毛泽东说道:"很好,这个建议由你们二位提出,中革军委更易于接受。"

1932年3月21日,林彪、聂荣臻向中革军委领导人朱德、王稼祥、彭德怀发去一封电报,电文如下。

朱主席王彭副主席:

行动问题,我们完全同意毛主席意见,目前粤敌方开始派兵入闽干(赣)讨赤情形下,更应采毛主席意见,三军团应暂在信丰西南一带工作,一面观察各方情况之变化。五军团应即随一军团到东北一带工作,打击福建敌人,速筹大批款子赤化建太宁及清流等县。

一军团大概四月二日可到沙县,我们本日已电要十二军即出发到宁化以北牵制敌人。

林彪、荣臻
廿一日

瑞金叶坪。周恩来拿着刚刚收到的电报,问朱德:"玉阶兄,你对润之、林彪、聂荣臻的建议怎么看?"

四十九个昼夜

朱德说道:"我看这个建议可行。根据掌握的情报,蒋介石正纠集粤、桂、闽、赣、湘五省军队搞'五省联防',企图消灭我中央苏区红军。在江西方面,粤派余汉谋率15个团,桂派廖磊军率六个团入赣。在闽西,粤军黄任寰、张瑞贵、李扬敬等部已进入大埔、松口,企图与国民党张贞第四十九师驻守龙岩的杨逢年旅配合,向我闽西苏区发动进攻,闽西苏区的处境危险呀!"

周恩来沉思片刻,说道:"看来有必要召开苏区中央局会议,重新讨论红军的行动方向问题。"

1932年3月27日、28日,苏区中央局召开会议,决定将由红一军团、红五军团组成的中路军改称为东路军,向闽西发展,打击闽军和进犯闽西的粤军,巩固闽西革命根据地,筹足给养,以利于继续夺取赣州、吉安、抚州。这"以利于继续夺取赣州、吉安、抚州",是出于对临时中央攻打中心城市的呼应。

会决定,由林彪担任东路军总指挥、聂荣臻任政委、罗荣桓任政治部主任、陈奇涵任参谋长。毛泽东以中华苏维埃共和国临时中央政府主席和中革军委委员的身份随军东征。毛泽东实际上成了东路军的最高领导。这是赣州战役之后,周恩来和毛泽东的又一次重要默契,也为漳州战役埋下伏笔。

叶坪村北端的谢家祠,毛泽东一进门就冲着贺子珍说道:"子珍,快,做几个菜,多放些辣椒,我饿了。"

第三章　挥师东进

贺子珍说道："润之，好长时间没见你这样好心情了，是啥子事让你高兴的？"

"告诉你，红军中路军调整行动方向啦！"毛泽东按捺不住内心的激动。

"调整哪个方向？"

"向东。"

"向东？能说给我听听吗？哦，对我可以不保密的。"贺子珍是中央苏区政府机要科科长，懂得保密规定。

谢家祠二楼，毛泽东和贺子珍彻夜长谈。

"子珍，苏区中央局接受了红军东征的建议，决定将由红一军团、红五军团组成的中路军改称为东路军，向东发展。我将随东路军进军闽西。"

"进军闽西，太好了。长汀、上杭、永定是老根据地，我真怀念我们在闽西的那段日子。哎，我还记着几首客家山歌呢！"

"噢，唱来我听听。"毛泽东今天心情特别好。

"有一首《阿妹送郎当红军》，我特别喜欢。"贺子珍半仰着身子，轻声唱道：

阿妹送郎当红军，妹在家里哥放心；
白天田头勤耕种，夜里家中孝双亲。
阿妹送郎当红军，妹子心里喜盈盈；
阿哥战场多杀敌，阿妹在家勤耕耘。
阿妹送郎当红军，遵守红军纪律性；

四十九个昼夜

不敢欺压穷苦人，百姓见哥心高兴。

阿妹送郎当红军，妹等阿哥捷报声；

消灭一切反动派，劳苦大众早翻身。

阿妹送郎当红军，阿哥杀敌立功勋；

他日功成归故里，敲锣打鼓把哥迎。

毛泽东说道："子珍，平时很少听你唱歌，没想到你还唱得不错。我还记得有一首歌，歌词是'韭菜开花……'"

"是《韭菜开花一条心》，我也会唱哩。"

贺子珍唱道：

韭菜开花一条心，

阿妹日夜想红军；

红军为咱打天下，

我与红军心连心；

红军咱亲人，

救咱穷苦人；

好比鱼水亲，

永远心连心。

毛泽东深有感触地说道："闽西的老乡真好呀！"

"润之，我还清楚记得你在永定城金丰大山牛牯扑遇险的情景。"贺子珍说道。

毛泽东回忆道："是呀，那是1929年8月底，我'打摆子'，又泄又烧，全身浮肿蜡黄。邓子恢、张鼎丞安排我在永定城东面金丰大山牛牯扑山沟一个赤卫队员家里养病，由于走

第三章　挥师东进

漏了消息，9月17日早晨，金丰民团和广东大埔保安队400多人分路向我们在牛牯扑住地扑来，担任警卫的粟裕带着一个连的红军和地方赤卫队阻击敌人，掩护我们转移。当时，一个赤卫队员背着我一口气跑了十多里的山路，安全转移到雨顶坪村。"

"我还记着，那位赤卫队员名字叫陈添裕，多亏他拼死相救啊！"

"红军攻克上杭县城时，我连路都走不动，是坐在担架上进上杭县城的。记得我们住在汀江岸边的临江楼，邓子恢、蔡协民、曾志也住在那里。"

"说到曾志，我还真想这湘妹子了，不知她现在怎么样了。"

"一年前，曾志和蔡协民被派往厦门省委机关工作，那里是白区，环境复杂呀！"

"曾志也是因为在古田会议之前的争论中支持你，才从红四军转到闽西做地方工作的。记得到上杭县城后，为了给你治病，曾志还从上杭街上一个西药铺里请来一个医生，给你开了个药叫做什么丸……"

"'金鸡纳霜丸'，也叫奎宁，是治疗疟疾的特效药。"

"对，是'金鸡纳霜丸'。这位医生还要我们给你增加营养，要一天吃一只鸡，用两斤牛肉来熬汤喝，吩咐可以少吃肉，主要是喝汤。邓子恢特地请了一个厨师帮着熬汤。当时驻扎在上杭县城的红四军纪律严明，买卖公平，市场繁荣，鸡和

四十九个昼夜

牛肉也不贵。曾志经常和我去买鸡和牛肉让厨师熬汤。不久,你身上的浮肿消失了。在闽西那段日子,不论环境多么艰苦,曾志总是有说有笑,有她在,总是很开心。"

"子珍你知道吗,曾志有一回还和我吵架呢!"

"为啥事和你吵架啦?"

"为你的事。"

"为我的事?"

"你还记得吗,那年年底,我们跟闽西特委住在蛟洋,陈毅从上海返回闽西,传达了党中央、周恩来向红四军前委发的指示信和口头指示,让我返回红四军。你已怀孕六个多月了,不便随军,我交代曾志负责照顾你。她当时担任共青团闽委组织部部长,误以为'负责'就是让她离开工作,专门护理你,就和我吵起来了。听了我解释后,她说,我跟子珍是好朋友,过去行军都常在一起吃饭睡觉,我一直关心她、照顾她,你不说我也会这样去做的。"

"我就喜欢曾志坚强开朗的性格。你返回红四军后,正好蔡协民到厦门向福建省委汇报工作,曾志就搬过来和我睡在一起。那阵子,还真多亏她照顾呢,那可是我第一次当母亲啊……"贺子珍忽然不说话了。

毛泽东问道:"子珍,你怎么啦?"

贺子珍说道:"我想我们的女儿了,她出生后留在了闽西,不知现在怎么样了……"

毛泽东点了一根烟,默默地吸着。

第三章　挥师东进

1929年6月，毛泽东和朱德指挥红四军第二次打龙岩时，贺子珍在长汀分娩，生下一个女孩，毛泽东给孩子起名毛金花。可是行军打仗，不能带着孩子，毛泽东就托人找了一个可以寄养的人家。他对贺子珍说道，把孩子寄养在老乡家里，今天我们只能这样做。等到革命胜利后，我们再把她接到身边。贺子珍含着眼泪答应了。红军撤出龙岩时，考虑到还能回来，毛泽东没有让产后的贺子珍跟着队伍走，而让她们母女隐蔽在城外一户老百姓家里。但贺子珍终究要离开，有一天，她用被子把婴儿裹好，抱到联系好的那户大嫂家里，把事先准备好的15块银元放在那位大嫂手里，对大嫂说，麻烦你把孩子抚养大，日后我们会回来接的。

"润之，我想有机会到闽西，去找找那位大嫂，看看咱女儿。"贺子珍说。

毛泽东想念留在闽西的女儿，也想念杨开慧牺牲后流落在湖南的毛岸英、毛岸青、毛岸龙三兄弟。从来很少流泪的毛泽东眼里闪着坚毅的泪光。

毛泽东语重心长地说道："子珍呐，我们干革命，是为了劳苦大众翻身得解放，为了下一代免于承受苦难，而为此，我们必须承受苦难。为了千千万万的孩子，我们要舍去自己的孩子，这是我们必须承受的。"

"我懂，自从上了井冈山，自从跟了你，我就做好承受苦难的准备。开慧牺牲了，朱老总的妻子若兰也牺牲了。若兰遇害时还怀有身孕，敌人把她的头颅割下来挂在赣州城门外。我也随时做好了牺牲准备。只是……苦了孩子了。润之,我是共产党员,也是孩子的母亲啊!"

毛泽东安慰道:"子珍,你现在怀孕了,不便随部队行动。这次入闽,军务繁忙,我如果实在抽不开身,会让泽民去看看我们女儿的。"停顿片刻,毛泽东自言自语道:"我也很想再抱抱小金花呀!"

此时,毛泽东和贺子珍并没有想到,他们和女儿见上一面的愿望终究没能实现。贺子珍1932年11月在长汀生下的第二个孩子毛岸红,小名毛毛,因红军长征寄养在江西老乡家里,也音信断绝……

第四章　汀州长谈

红一军团先行进入长汀。毛泽东住地，罗明详细汇报漳州革命斗争情况。闽南红军游击队一支队。智勇双全的王占春。

1932年3月下旬，东路军红一军团南下会昌，翻越武夷山，沿武平一线东进，先于红五军团进入长汀。

毛泽东则从瑞金直接赶往汀州，重新踏上这块亲切而熟悉的红土地。

1929年初，毛泽东、朱德、陈毅率红四军主力离开井冈山，向闽赣边界挺进。3月，消灭土著军阀郭凤鸣，占领长汀。这一年，毛泽东、朱德指挥红军三克龙岩城，为闽西根据地的创建和巩固奠定了基础。同年12月28日、29日，召开彪炳青史的古田会议，通过了《古田会议决议》。

毛泽东在闽西期间，写下了《星星之火，可以燎原》《才溪乡调查》，还写下了《调查工作》，也就是后来的《反对本本主义》。

在古田的"廖氏宗祠"，在上杭的蛟洋、苏家坡，在永定

四十九个昼夜

的金丰大山，在汀江岸边的临江楼，在才溪的列宁堂，到处都留有毛泽东的足迹。这次，他又回来了。

毛泽东带着对汀州古城的特殊情愫，重访了古街——店头街。这是一条明清古街。店头，在客家语中是最好的集市商铺的意思。这条街道虽然窄小，却店铺林立，街道两侧遍布客家美食店以及油盐铺、豆腐店、打铁铺、剃头店、裁缝店，还有张宅、王家祠、兰氏宗祠、林氏家庙等明清建筑。店头街的末端，是汀州古城门——惠吉门，城门外，就是流淌而过的客家母亲河——汀江。

毛泽东漫步古街，感受着浓厚的客家文化气息。这时，街道旁几个孩童正一边玩耍一边唱着儿歌：

白花谢了红花开，白匪败了红军来；
开天辟地头一回，农友成立苏维埃。

工农政权一枝花，花根扎在穷人家；
贫苦农民有了党，红色政权遍天下。

革命不怕刀砍头，革命不怕把血流；
红军好比韭菜菀，割了一蔸发一丘。

乌云盖了几千年，红军来了晴了天；
封建势力连根铲，工农翻身掌政权。

第四章　汀州长谈

走路要走路中心，大树底下好躲荫；
穷人跟着共产党，千年万载不变心。

苏区干部好作风，自带干粮去办公；
日穿草鞋干革命，夜走山路访贫农。

毛泽东听着开心地笑了："唱得好，唱得好呀！"

回到住地，毛泽东即吩咐闽西苏维埃政府领导："速通知罗炳辉、谭震林到我这里来，谈谈闽西情况。"

这位领导报告："主席，根据1932年2月1日中革军委的电令，福建军区指挥部于2月20日成立，由罗炳辉任司令、谭震林任政委。罗炳辉、谭震林还分别兼任红十二军军长、政委。2月23日和26日，罗炳辉、谭震林率领红十二军主力进军武平、上杭，三天之内，连续攻克两座县城，拓展了闽西苏区，上杭、永定、武平、长汀将连接一片，闽西与江西的苏区，南至武平会昌，北连宁化石城，将要完全打成一片。现在罗炳辉、谭震林正在上杭。"

"哦，红十二军攻克武平、上杭两座县城，这事我在入闽之前就听说了。那罗明、张鼎丞呢？"毛泽东问道。

"福建省苏维埃政府主席张鼎丞也随红十二军行动，现正在上杭旧县打击团匪，开辟新区。福建省委代理书记罗明正在连城新泉。"

毛泽东说道："那就请罗明同志速到长汀。"

四十九个昼夜

罗明，原名罗善培，广东大埔县平原乡岩霞村人，1925年加入中国共产党。曾任汕头地委书记、中共闽南特委书记、福建省委书记。1928年，赴莫斯科出席中国共产党第六次全国代表大会。1931年，任中共闽粤赣特委组织部部长、福建省委代理书记。

1930年5月，罗明和陶铸、谢汉秋、王海萍、王德策划了震惊全国的厦门破狱行动。这次破狱行动后来被编写成小说《小城春秋》。罗明在回忆录中讲述了这次破狱的真实过程。

罗明

1929年2月至5月，红四军两下闽西，消灭了当地的反动军队，包括龙岩、上杭、永定、连城、长汀、武平在内的闽西革命根据地逐步形成和巩固。1930年3月18日，成立了闽西苏维埃政府。这是闽西根据地发展的全盛时期。

闽西形势的发展，对漳州、厦门、泉州等地影响很大，促进了人民反对帝国主义、反对新军阀的斗争。

1930年3月18日，我党在厦门召开了一个反帝大同盟大会。开这个会事先是得到国民党党部同意的。但会议进行时，厦门的反动派却派特务包围了会场，逮捕了上台发言的人，其中一位是中华中学教师、共产党员张耕陶。厦门市委书记刘端

第四章　汀州长谈

生在大会外围联络指挥，也被敌人逮捕。还有团省委书记陈柏生，他是这个大会的组织者，也在市内被捕。被捕的人都作为"政治犯"被送进思明监狱。作为"政治犯"被关押在思明监狱的还有另外30多人，他们是在平和、永定、上杭、龙岩等地参加武装斗争被捕后，解送到厦门来的。

关押在思明监狱的政治犯40多人，大部分是党团员，他们在牢里组织了一个党支部，曾向省委提出要组织越狱，当时我们表示不同意。后来得到消息说要把他们解到福州去判刑，有的同志提出："解到福州去就不好办了，福州的反动派已经屠杀过我们许多共产党员了。"我们估计"政治犯"送到福州就会被判死刑或无期徒刑。这时牢里的同志急于要冲出来，在这种情况下，我们考虑到当前全国革命形势正在逐渐高涨，福建省也一样，急需大批干部来开展工作。如闽西革命根据地，虽然省委已经派去了好些人，但由于革命形势发展快，仍然感到干部力量不足。可是我们许多干部却被反动派囚禁在牢狱里。我们如果能把这批同志营救出来，输送到闽西去，就是对革命根据地的有力支援。而且，想方设法营救牢里的同志，也是组织上应尽的责任。所以，省委决定攻打思明监狱，抢救被捕同志，并成立一个破狱委员会具体领导，筹划破狱工作。

为了袭击思明监狱，破狱委员会事前进行了细致的调查研究，有周密的计划，做了充分的准备。破狱委员会由5人组成。我当书记，成员有省委组织部部长谢汉秋（谢景德）、

四十九个昼夜

宣传部部长兼军委书记王海萍、共青团省委书记王德（曾宗乾）、军委秘书陶铸、省委秘书长王剑津。破狱委员会下设武装队，由陶铸任队长，并设接应队，由谢汉秋任队长。王海萍协助武装队训练，王德协助组织接应队，我负责组织侦察。破狱委员会成员曾分别利用探监机会进狱中了解情况，以便制订破狱计划。

厦门思明监狱也和厦门市其他机构一样，是由国民党的海军管辖。监狱腐败，管理松懈，管狱人员贪婪。狱里规定每星期三、六两天允许亲友探监，但只要有钱和香烟送给他们，其他时间也可以进去。他们对探监者不盘问，来人自报是狱中某某人的亲友，就允许探监。探监时允许靠近牢房上的小窗口，且谈话时间不限，与犯人交头接耳都行。监狱也允许送东西给犯人，大件小件都可以，一般情况不检查。小件从接见的小窗口递进去，大件则开牢房的大铁门送进去。这种情况，对我们调查敌情，组织破狱是一个有利条件。

我们通过探监，对监狱的警戒情况，如警备队和管狱人员多少，枪支多少，他们的配置情况等作了详细的调查。还掌握了他们的活动习惯，如监狱的看守平时不带枪，只有那个所长佩戴1支手枪，他却待在看守室里很少出来。还有每逢星期六晚上，有的军警休假离开，有的则喝酒、打牌直至午夜，第二天，他们懒洋洋地迟迟不起床。再有，每天上午9时半是警备队吃饭的时间，吃饭时他们把枪挂在卧房里，三五成群在院子里吃。这给我们提供了一个可以利用的时机。对付警备队是破

第四章 汀州长谈

狱成败的关键。

对厦门市军警的驻扎位置,破狱委员会也作了调查分析。从军事力量的对比来看,是敌强我弱。但他们与思明监狱之间都有相当距离,从距离较近的盘石(厦门大学)调集军队到达思明监狱,最快也要半小时。一些零星的武装警察,他们弄清情况跑来思明监狱,也要20分钟。因此,我们认为,只要计划周密,配合得当,出敌不意,行动迅速,以精悍武装袭击监狱,营救同志的任务是可以顺利完成的。

在武装人员的挑选和训练上,破狱委员会也花了一番心血。武装队共11人,有来自闽西红军的,有在闽南参加过游击战争的,如王占春。也有的是从厦门工人纠察队挑选出来的。他们需要配备的武器是驳壳枪和手枪(曲七),两支驳壳枪是闽西苏维埃政府拨款1000元购买的。鉴于这次破狱战斗不同寻常,武装队员要经过严格的训练,包括政治训练和军事训练。首先对他们讲政治课,目的是使队员认清形势,提高觉悟,增强战斗的决心和勇气。接着进行军事训练,先在室内学习武器的性能,装拆枪支和排除故障的技术等。后来经常到山沟里练习实弹射击和巷战。在破狱前夕,还在山上举行破狱宣誓,由我作政治动员,陶铸作军事动员。这些训练,收效很大。

接应队是挑选可靠的党员和入狱同志的亲属担任。他们要严守机密,与狱中同志先联系好。到时一见面就带走,护送出狱同志穿过市场到码头乘船离开厦门。

四十九个昼夜

队伍配备停当以后，破狱委员会和武装队的成员都分别借探监为名，到狱中进行实地考察，然后讨论，制订破狱计划，把具体任务分配到个人。在讨论方案时，我曾提出过一个问题，武装队击毙看守人员后，找不到钥匙，打不开门，怎么办？后来从德国大洋行买来了2把大钢剪，并且事先试剪过指头大的铁条，大家才放心。行动计划初步拟定后，我们将计划告诉狱中的同志，出乎意料，他们提出了不同意见。我们的计划是破狱人员伪装为探监人，从县府大门进去，打开监狱之后，破狱人员和出狱同志都从大门出来，穿过街市，登上预先准备好的帆船，从水路离开厦门。狱里的同志却主张打开监狱之后，从监狱的后门（平时关着，死了的犯人则从这里抬出去）出去，理由是这里只有一道门，容易冲出，出门后就是大山，利于分散隐蔽，尽管敌人搜捕，有的同志也可望生存下来。他们担心从大门冲出要经几重门，还会被警备队阻拦，被全部截回的危险较大。破狱委员会再三考虑，权衡利弊，仍然坚持原来的方案。因为从监狱后门出去虽然容易些，但前面是一片大山岭，没有人家，我们的人不熟悉山路，难以在山上隐蔽。如劫狱后反动军警出动，封锁交通路口，上山围捕，到那时破狱人员和狱中同志都回不了住区，更离不开厦门。经过细致比较、分析，终于说服了狱中的同志。

关于离开厦门的交通工具和出狱同志隐蔽、休息的地方等，全由同安县委的同志准备。我曾到同安县彭厝检查过，并带去一批衣服，准备给出狱的同志改装。

第四章　汀州长谈

还有一个动手的时间问题。破狱委员会原计划在"五一"节过后的星期日进行，因为在重大纪念日，反动军警戒备较严，节日过后就比较松弛。后因准备不及，改在5月25日举事。

1930年5月25日，星期日，刚好是雨后初晴的好天气，厦门市街道上人来人往熙熙攘攘。在市内国民党思明县政府大门口（政治犯监狱设在县府院内左侧）站着两个岗哨，一切平静如常。9时，我武装队外组3人来到县政府门前，其中林雪榕扮作挑卖杨梅的小贩，在他的杨梅筐底下放着武器——两支驳壳枪。陶铸、王占春扮作顾客，在购买杨梅。他们的任务是解决岗哨，控制县府大门，并进院内冲击40人的警备队。随后，内组第一组2人以探监为理由进入了监狱。他们的任务是负责打开监狱的大铁门。紧接着第二、第三组成员也以"探监"为名先后进去了。第三组带着一大盒马玉山饼干，盒子比政治犯禁闭室的窗口大，按照监狱的规定，看守人员要检查。当看守人员俯身开饼干盒检查时，第二组的成员着急了，他们本应是"探监"后退出，控制由大院进监狱的大铁门，这时只得拔枪打死了看守。第三组的成员也就跟着动手，开枪打死了看守人员，并立即用大钢剪剪断政治犯牢门的铁锁，让政治犯40余人往外冲出。这时，内队第一组在枪响（约定第一声枪响是动手的信号）后，立即动作，打死看守监狱大铁门的看守人员。与此同时，外组听到信号后，立即推翻杨梅筐，拿枪击毙大门口的哨兵，控制了大门，并且冲进了思明县府内

四十九个昼夜

厅，向警备排扫射。该警备排士兵30多人，正在吃饭，一时惊慌失措，有的钻进床底，有的跳窗逃走，共被我武装队打伤20多人。由于整个战斗行动迅速，不到10分钟的时间，48名"政治犯"冲出了监狱门和县府大门，按照原定计划，分别由接应队员带到厦门西面沙坡尾码头，分乘两条帆船出海，开往同安县，安置在闽南农运搞得最好的彭厝村隐蔽、休息，然后转往闽西。我武装队在"犯人"冲出监狱后，也迅速撤离现场，混进街市的人流中，各自安全回去了。

……这次袭击厦门思明监狱，毙敌2人，打伤20多人，救出"政治犯"48人。这批"政治犯"大部分是党员干部和共青团干部，内有原中共闽南特委组织部部长、厦门市委书记刘端生和原共青团福建省委书记陈柏生。我们执行任务的武装队共11人，无一被捕、伤亡，以辉煌的战果胜利完成了任务。

罗明在回忆破狱行动时，还特别提到了在闽南参加过游击战争的王占春。

罗明一生充满坎坷。1933年1月，临时中央迁入中央苏区，全面推行"左"倾教条主义路线，要求江西、福建猛烈扩大红军，军事上分兵把口，死打硬拼，结果造成闽西苏区损失重大。罗明从实际出发写了《对工作的几点意见》和《关于杭永岩情况给闽粤赣省委的报告》，提出和"左"倾路线不同的正确意见。结果，党的临时中央负责人将矛头对准了拥护毛泽东正确主张的罗明，将罗明的意见打成"机会主义路

第四章　汀州长谈

线"，并在全党上下和各根据地，甚至在红军中开展了一场针对所谓的"罗明路线"的斗争。党的许多干部被批为"罗明路线"分子，党和革命事业遭受了很大的损失。

作为这场风暴的主角，罗明不可避免地深受其害，但他选择默默承受与抗争。多年后，谈起"罗明路线"，罗明只是幽默地说："如果马克思在世，也不会反对我的，这件事就让历史去做结论吧！"反"罗明路线"的实质，就是"左"倾教条主义者反对以毛泽东同志为代表的党的正确路线。对此，党的六届七中全会已作出明确结论。毛泽东在《"七大"工作方针》中提道："还有说反'罗明路线'就是打击我的，事实上也是如此。"

罗明的一生多次经历生命危险，多次遭受挫折磨难，但他始终不屈不挠。在创建福建党组织和闽西革命根据地时期，罗明身为福建省委的主要领导，多次被反动势力通缉追捕，他始终毫无畏惧地开展工作。"左"倾临时中央开展反对"罗明路线"后，罗明虽遭受错误打击，仍忍辱负重，被调到中央党校后依然兢兢业业为党工作。长征路上，罗明在遵义身负重伤，和妻子谢小梅被安排留在贵阳郊区搞农运。在同行者、原中央苏区总工会委员长朱祺携款叛变的险恶处境下，罗明和组织失去联系，和妻子颠沛流离。其间，他两次被捕，两次逃脱，最后到上海找党组织，因人告密被捕，先后被辗转监禁在南京、武汉、杭州、丽水等地。面对国民党方面的诱降，罗明保持警惕，宁死不从，体现了一个共产党人的崇高气节。

四十九个昼夜

新中国成立后，罗明任南方大学副校长，他任劳任怨，为筹建好学校、培养建设人才付出了艰辛的努力。1980年10月，党中央批准恢复罗明党籍，党龄从1925年入党算起。

晚年的罗明以极大的热情和毅力投入党史工作中，直到1987年4月28日，他即将与世长辞之际，在他病床旁的案头上还放着未审定完的闽粤赣史稿。他临终前不无遗憾地表示："哪怕再给我三个月时间，我就能完成这项工作。"

历史总是给人留下遗憾，如果罗明不是在长征路上因负伤留下，而是跟着红军到达陕北；如果不是因同行的领导人朱祺的叛变，导致和组织失去联系；如果不是被捕，而是按计划顺利到达贵阳郊区搞农运，他的命运将是另一种呈现。然而历史也是公正的。罗明一生历经坎坷、历经磨难，却始终不改初心，保持对党对人民的忠诚，终究得到组织的肯定。

然而此时，1932年3月底的罗明，不知道也不可能知道他过后的遭遇。他接到毛泽东的通知后，立即从连城新泉动身赶往长汀。

毛泽东见到罗明，特别地高兴。听了罗明汇报闽西革命斗争形势后，毛泽东说道："罗明同志，你担任过中共闽南特委书记，对闽南情况熟悉，请你谈谈闽南，特别是漳州革命根据地建设情况。"

罗明汇报："主席，闽南虽然是白区，但有我们党长期的工作基础，早在俄国十月革命和五四运动影响下，马克思主义就开始在闽南传播。1926年，闽南各地开始建立共产主义青

第四章 汀州长谈

年团和中国共产党的地方组织。1927年1月,成立了中共闽南特委,在漳属的南靖、平和、漳浦边区点燃了土地革命烈火。之后,闽南革命斗争发生了两个很有影响的事件。"

"哪两个事件?"毛泽东问。

"一个是平和暴动。1927年10月初,朱德、陈毅率领部分南昌起义部队在广东大埔三河坝完成阻敌任务后,越过福建省平和县的九峰柏松关,攻入平和县城。10月,朱陈部队到芦溪的秀芦村,在焦和厝祖祠召开会议,确定了下阶段行军路线,决定经永定,全速向西挺进。朱德在平和期间,还会见了中共平和临时县委书记兼县农民协会会长朱积垒。"

"朱积垒,这名字好熟悉呀!"毛泽东说。

罗明说:"在1926年3月,朱积垒经我介绍,到广州参加第六期农民运动讲习所学习。在农讲所,他还听主席讲授过'中国社会各阶级的分析''中国农民问题'呢!1926年10月,经中共两广区委决定,朱积垒以中央农民部特派员身份,随北伐军东路军回平和县开展工作。朱老总在平和会见朱积垒时,向他传达了八七会议精神,指出,要用革命武装反对反革命武装,还告诉朱积垒,南昌起义部队经过大埔县和饶平县时,留下不少枪支给当地农民自卫军,让朱积垒前往联系,取回些枪支,武装农军。1928年3月8日,朱积垒率领1000多名农军举行武装暴动,攻占了平和县城九峰镇,打响了福建农民武装斗争第一枪。"

"这支农军现在怎么样?"毛泽东问。

四十九个昼夜

朱积垒

"为了对付敌人的'围剿',朱积垒领导的福建工农革命军独立第一团改编为红军独立营和特务营,以山区为依托,分为小分队,开展游击战争。1929年1月,朱积垒在广东大埔被捕,同年4月壮烈牺牲。朱积垒牺牲后,由陈彩芹接任中共平和县委书记。"

毛泽东说道:"我还记得,1929年7月,在上杭县蛟洋文昌阁召开的中共闽西第一次代表大会上,陈彩芹作了《平和暴动的经验和教训》的报告。"

罗明说道:"闽南革命斗争的另一个重大事件,是建立闽南红军游击队第一支队。"

"哦,说说这支游击队的情况。"

"在漳州城郊的南、北乡,活跃着王占春、李金发等人领导的两支游击队。1930年冬,中共福建省委派陶铸到漳州恢复遭受敌人破坏的中共闽南特委,加强对漳属武装斗争的领导。当年12月13日深夜,这两支游击队在南乡祠堂会集,由陶铸代表中共闽南特委宣布正式成立工农红军闽南游击队第一支队。这是中共闽南特委直接掌握的第一支工农武装,它的建立,使闽南工农武装由小形分散的组织向集中的、统一的、日

第四章　汀州长谈

益正规化的红军队伍转变。红一支队以'开展武装斗争，实行土地革命，武装拥护闽西苏区，准备成立漳属苏维埃'为目标，在龙溪县、海澄县开辟大片红色区域，把游击战争扩大到靖和浦边界。1931年8月9日，陶铸在漳浦赤区召开会议，宣布成立闽南红军游击司令部。闽南红军游击队在斗争中进一步发展壮大，袭击民团，打土豪，以武装支持贫苦农民对地主豪绅的斗争，还策划了驻南靖山城敌四十九师独立团一营两个连士兵的兵变。去年12月，陶铸调任中共厦门中心市委组织部部长，中共厦门中心市委派巡视员邓子恢接替陶铸工作。在邓子恢指导下，游击队加强群众工作，建立了以小山城为中心的靖和浦革命根据地。"

"现在这支游击队的领导人是谁？"毛泽东问。

"支队长王占春，政委李金发，参谋长冯翼飞。特别是王占春，是一个优秀的游击队指挥员。"

"哦，你说说王占春的情况。"

"好的，主席……"

罗明向毛泽东介绍的王占春，有着一段传奇的故事。

王占春出生于龙溪县邹塘村。父亲叫王查某，既懂中医医术，又懂拳术，在村里为乡亲们看病的同时兼任村办国术馆拳师。王占春从小就经常在国术馆练拳习武，练就了强壮的体魄，也练就了不畏强暴、见义勇为的品格。

1923年春，王占春就读于福建省立第二师范学校。在学

四十九个昼夜

校，王占春对那些欺负贫困学生的纨绔子弟，抓住了就是一顿揍，颇有除暴安良的气势，一批穷苦出身的学生团结在他周围。1926年11月，王占春加入共青团，因积极参加学生爱国运动，被学校开除。王占春回到家乡，以国学馆为基地办夜校，用通俗易懂的语言向乡亲们宣讲革命道理，组织农会开展抗捐抗税斗争。

1927年1月，中共闽南特委在漳州成立，罗明任书记，农委为李联星。同年2月，王占春由共青团员发展为共产党员，成为李联星开展农运的得力助手。为培养青年骨干，1927年2月底，中共闽南特委在漳州创办工农运动讲习所，由罗明讲授"中国农民革命史"，李联星讲授"海陆丰农民运动"，翁振华讲授"青年运动"。王占春和他的老乡、工人出身的李金发一同参加讲习所学习，从此两人成为战友，也成为闽南红军游击队的创始人。

1927年10月，王占春、李金发在漳州城南地区发动了轻便车工人罢工运动。1928年3月25日，为呼应平和暴动，王占春在南乡发动了程溪暴动，牵制了张贞镇压平和农军的兵力。1929年9月6日，王占春、李金发带领游击队员，消灭了在颜厝何里庵密谋"围剿"游击队的封建族长和反动民团头目。

张贞多次派部队会同反动民团"围剿"游击队，屡屡扑空，且反遭游击队伏击。见"围剿"不成，张贞便变换手段，企图收买王占春。先是利用叛徒陈祖康（曾代理福建临委书记）写信，劝说王占春投降，享受"荣华富贵"，遭到王占

第四章　汀州长谈

春愤怒斥责。

张贞后又指使王占春的老师郑泰琪前往邹塘村劝说，并派亲信许连城"陪同"前往。郑泰琪见到王占春，开口就说道："张师长说了，欢迎你同他共事，可委任你为团长，你要是不想做官，可以送你到法国留学。你如不愿出国，张师长答应送厦门鼓浪屿洋楼一座，还要给你介绍个如意娇妻。"

面对张贞施以高官厚禄、金钱美女的诱惑，王占春正气凛然道："我王占春决不背叛自己的信仰，决不当贪官污吏。"

见王占春不为所动，许连城亲自上阵，威胁道："你要是辜负张师长一番好意，恐后悔莫及啊！"

站在门口担任警戒的游击队员王却车听了怒不可遏，一个箭步冲进屋里，拔出手枪顶着许连城的脑袋，喝道："你再胆敢胡说，当心你的狗头！"

郑泰琪脸色发青，连忙起身告辞。许连城也跟着溜走了。

见劝说不成，张贞派杨逢年率部包围了邹塘村，在两名流氓恶棍带领下，放火焚烧房屋，抓捕了60多名村民，王占春的母亲庄叶来不及逃走，也被抓住，关在了漳州东坂后监狱。

张贞听说抓住了王占春的母亲，立即派副官将王母带到师部客厅，亲自出马劝说王母："老人家，这次请你来，就是让你劝你儿子出来做官，母子俩同享富贵。"

王母说："我儿子的脾气你们是知道的，前次你们派人去劝都劝不了，我哪有办法去劝说他。"

张贞决定把王母给"放"了，暗中派人跟踪，诱捕王占春。机智的王母出狱后并没有贸然回到邹塘村，而是先回娘家居住，她通过亲戚设法转告王占春，警惕张贞设下的抓捕圈套，千万不要回家看望她。

王占春得知敌人洗劫邹塘村，抓捕乡亲，便在一个深夜，派游击队员把两个为虎作伥、给敌人带路的恶棍除掉了。

王占春在与敌人的较量中，认识到必须扩大革命武装，才能生存和发展。1929年春，王占春用打土豪获得的银元，通过厦门市委联络点——罗克咖啡馆，购得一批武器，并用帆船、棺木分两批从敌人眼皮底下巧妙运回南乡。

1930年秋，王占春、李金发率领游击队在九龙岭伏击了张贞运送枪支弹药的汽车，消灭了押运武器的敌人，缴获了车上的武器。有了这些武器，游击队如虎添翼，进一步发展壮大。王占春和他率领的闽南红军游击队，成了贫苦农民的主心骨，也成了张贞挥之不去的梦魇。

王占春最具传奇色彩的，是他参加1930年5月25日厦门破狱行动。中共福建省委之所以挑选他参与这次行动，是因为他有着在游击队的丰富战斗经验和临危不惧、勇敢果断的表现。也是在这次破狱行动中，王占春给罗明、陶铸留下深刻印象。

王占春

第五章　跳出外线

漳州，张贞躺在摇椅上听着潮州音乐，他做梦也没有想到，自己的大本营已经被毛泽东给盯上了。毛泽东决定跳出根据地外线作战。关键时刻，周恩来给毛泽东以有力支持。

毛泽东听了闽南党组织和红军游击队情况汇报后，对罗明说道："你再谈谈国民党四十九师的情况和漳州地理、政治、经济状况。"

罗明汇报道："国民党军张贞四十九师师部就设在漳州城。下辖两个旅：一四五旅，下辖二八九团、二九零团、二九一团；一四六旅，下辖二九二团、二九三团、二九四团。另有独立团、特务营、炮兵营、工兵营、辎重营和护路队，以及独立营，第一、第二补充营。此外，还有各县警大队、漳码公安局保安大队和汀漳公路分局护路队。总兵力号称二万余人。张贞部队战斗力虽不强，但配有日式武器，装备还是比较先进的。"

罗明铺开地图，介绍道："漳州地处九龙江平原，西北面

四十九个昼夜

有天宝大山天然屏障,从龙岩进入漳州有两个通道,一条是汀漳古驿道,经天宝大山的隘口,这必须突破敌人重兵把守的十字岭、风霜岭,一条是沿龙漳公路,经过南靖的靖城,而进入靖城必须突破敌防守的宝林桥。"

毛泽东说:"你详细谈谈宝林桥的情况……"

国民党四十九师师部,张贞躺在摇椅上,眯着眼睛,惬意地听着留声机播放的潮州音乐。他做梦也没有想到,自己的大本营漳州已经被毛泽东给盯上了。

张贞驻防漳州后,把原来的乙种师扩充为甲种师。队伍扩充了,可军费也上去了,每月开支需20万元,而军政部仅拨给六万余元。军费不足怎么办?张贞动起了歪脑筋,在漳州征收各种苛捐杂税,有烟苗捐、田亩捐、花(妓女)捐、赌博捐、防务捐、飞机捐等30多种,连新娘子坐花轿也要收"喜轿捐"。张贞还自设"民兴银行",擅印钞票,俨然成了"闽南王"。

漳州老百姓不堪重负,故有"张毅(驻漳北洋军阀)换张贞,捐税加二升"的民谣。为笼络人心,张贞也仿效一些军阀,在家乡象征性做了些诸如修路、建医院、修校舍之类的"公益事业",以装点门面。

张贞到漳州后,为了扩充实力,大量收编土匪民军,这些土匪民军中不乏亡命之徒,同时也把好逸恶劳、自由散漫、吸食鸦片、吃喝嫖赌的流氓习气带到了军队,总体战斗力不强。

第五章　跳出外线

其军官大多贪生怕死，缺少作战经验。在9个团中，只有陈启芳的二九三团比较能打仗。

国民党军队有个通病，内部矛盾重重，派系林立，关键时刻指挥调度不畅，见死不救。张贞的部队也不例外。

张贞早年在南安黄巢山组织民团时，就与后来在四十九师任团长、营长的黄克绳、陈崐、王振南、叶定国、林青龙等人称兄道弟，宣称"有官大家当，有饭大家吃"。

这批军官在四十九师中以张贞嫡系自居，瞧不起军校出身的军官，而军校出身的军官也瞧不起这些"山寨版"的军官。该师的两个主力旅也分成两大派系，一四六旅旅长王祖清代表福州派系，一四五旅旅长杨逢年则代表闽南派系，由两大派系又产生了许多小帮派。张贞在关键时刻总是偏向杨逢年的闽南派系，致使四十九师内部矛盾不断加剧。

与漳州毗邻的广东军阀陈济棠从心底看不起张贞这个"常败将军"，加之张贞以蒋介石的嫡系自居，这让与蒋介石分庭抗礼的陈济棠心里更是不爽。

如此错综复杂的内部矛盾也为张贞在漳州战役的惨败埋下伏笔。

张贞还有个特点，爱显摆。

一个偶然的机会，张贞乘坐了飞机，之后就爱上了这个东西。当时，盘踞各地的军阀，有很多人都有飞机，兼任闽南空管处长的张贞觉得没有飞机很没面子。于是，在一次军地会议上，张贞对与会的人说道："红军活动频繁，如果我们能有飞机侦察和轰炸，就算山高林密，红军也跑不了。大家勒紧裤腰带，多交点税，我们也买几架飞机。"

与会者虽然不乐意，但谁也没敢吭声。就这样，张贞强行征收高额"飞机税"，最终凑了70多万银元，从国外陆续买了4架旧式油布练习机和侦察机，并在漳州修了机场。有了飞机，也有了机场，张贞便经常"指导"飞机训练，在漳州上空飞来飞去，很是神气。

张贞在保定军校学的是炮科，为了显示其专业知识，他亲自主导，在德国买了8门大炮，并在漳州天宝的茶铺选择了火炮阵地。为了给部下打气，张贞特意在阵地周边清理出了一块空地，组织官兵分批前来观看，他亲自讲解。这一番折腾，犯了兵家大忌，他的火炮阵地暴露无遗，形同虚设。

"师座，前不久，共党福建省军区罗炳辉、谭震林部攻占了武平、上杭县城。根据飞机侦察，近来闽西的红军活动频仍，您看……"参谋长肖樾的报告打断张贞对潮州音乐的欣赏。

张贞摆摆手说道："我有一四五旅守住龙岩的第一道防线，又有一四六旅守住天宝大山第二道防线，最近，又在天宝茶铺增设了火炮阵地。漳州'无代志'（闽南话没事）。"

肖樾提醒道："师座，是不是加强一下天宝大山十字岭、榕仔岭、风霜岭、笔架山的阵地工事？"

张贞想了想，说道："嗯，有必要。你向王祖清旅长传达我的命令，抓一批民夫上天宝大山，加固工事。"

肖樾问道："师座还有什么吩咐吗？"

第五章　跳出外线

张贞从摇椅上站了起来，关掉留声机，问肖樾："王占春那帮'土共'最近还在折腾吗？"

肖樾报告："折腾，折腾得厉害。为躲避我围剿，王占春率领的游击队由漳州平原转向靖和浦山区农村。这段时间，赤色区域已从小山城、龙岭、车本发展到山顶坪、新内、官真寮、大帽山、龟仔山、岭后一带，建立了以小山城为中心的靖和浦根据地。我部虽多次进剿，但都因当地刁民通风报信而失败了。"

张贞阴沉着脸说："这个王占春搞得我后院起火，不得安宁。我一定要剿灭这帮'土共'。哎，我怎么觉得王占春的游击队越剿势力越大呀？"

肖樾靠前一步，神秘地说道："师座，据了解，王占春的游击队除了有乡下刁民的支持，漳州城里，也有人在暗中资助游击队。"

张贞瞪大眼睛："什么，漳州城里有人在暗中资助王占春的游击队？是谁？"

肖樾说道："目前还不清楚。"

"能够资助游击队的肯定是有钱人家，多派出侦探，给我找……噢……"

肖樾见张贞突然一只手捂着脸，忙问道："师座你怎么了？"

张贞皱着眉头说："牙疼，上火啦！哎，你说，漳州城的通共分子会在哪里和王占春接头呢？"

让张贞"上火"的人在行动。

漳州城南，九龙江畔，有一座寺庙叫南山寺，这是一座传

四十九个昼夜

奇而神秘的古刹。别的寺庙都是坐北朝南,而南山寺有点怪,偏偏坐南朝北。

这座寺庙原名"报劬崇福禅寺",唐开元年间,由太傅陈邕即太子李隆基的老师所建。开元二十四年,陈邕因与奸相李林甫不合,被贬谪到福建,后迁兴化,最终迁居漳州。他看中九龙江南岸丹霞山麓这块幽静秀丽的地方,在此兴建府第。因为建造形式类似宫廷,且有五个大门,违犯规制,有人向朝廷举报:"陈邕兴造皇宫,阴谋造反。"于是,皇上派钦差前来查办。

消息传来,陈太傅慌了手脚,心想大难临头,苦无对策。危急之时,他的女儿金娘想了个化解之策,她请求父亲舍宅为寺院,让她削发为尼,以保全全家性命。陈太傅只得应允,即日请来法师,为金娘剃度,并把她的闺房改为"修真净室"。又依隋唐以来献宅田为寺院习俗,将府第改为"报劬崇福禅寺",还在寺庙门口修了个莲池。

钦差大臣来到,见所建不是皇宫而是寺院,据实复旨,陈邕免予问罪,终于躲过一劫。到了明朝,这座寺庙改名为"南山寺"。

然而,南山寺更具传奇色彩的是,这里曾是土地革命时期中国共产党领导地下斗争的重要据点。1930年12月,陶铸受命到漳州恢复遭受破坏的中共闽南特委。陶铸来到漳州后,以"南山佛化学校"老师的身份寄居在南山寺"德星堂"内,进行秘密工作。

南山寺有个大和尚名叫肖达如,他和陶铸是湖南同乡。有

第五章　跳出外线

一次，肖达如悄悄问陶铸："你是不是共产党？"

陶铸是个细心人，住进南山寺后，发现肖达如和其他几个大和尚在诵读经文之后还在偷偷读革命书刊，他便模棱两可地回答："我是反帝的。"

肖达如心领神会："你住在这庙里，就一百个放心。要办什么事，可随时告诉我。"

在肖达如的密切配合下，南山寺成为闽南地下斗争的指挥中心，也成为陶铸与闽南游击队负责人王占春、李金发的秘密接头地。

陶铸调任中共厦门中心市委组织部部长后，南山寺仍然是游击队的秘密联络点。

这一天，一个斯文的年轻人来到南山寺，进入大雄宝殿，烧了一炷香，将香虔诚地插进香炉，然后，往功德箱里放了几张钞票。

肖达如迎了上来，双掌合十，问道："这位施主，是否要抽根签。"

年轻人说："好呀，但愿能抽根上上签。"

肖达如躬身说："施主请跟我来。"

肖达如带着年轻人来到"德星堂"，然后带上门，退了出去。

"德星堂"里已有人等着，此人正是王占春。年轻人紧紧握着王占春的手，说："占春哥，让你久等了。"

坐下后，年轻人从口袋里拿出一个香烟盒，对王占春说：

四十九个昼夜

"占春哥，这里面放着5000元的银票。"

王占春接过香烟盒，高兴地说："太好了，这下游击队购买药品的经费解决了。噢，你一下子提出这么多钱，银庄那边没事吧？"

年轻人说："我账做得好，暂时不会有事。"

"可是，以后……"

"以后的事以后再说，先解决游击队燃眉之急要紧。占春哥，我先走啦。最近军警查得严，你等天黑再走，路上小心。"

年轻人闪出"德星堂"，穿过长廊，融入善男信女的人流之中。

年轻人名叫高捷成，家住漳州城东。父亲高添木是做爆竹的小手工业者，收入虽不高，却也生活无忧。高捷成小学毕业后，因成绩优秀，被保送到省立第二师范学校就读。其间，他阅读了不少进步书刊。五四运动时期的反帝反封建斗争和新文化思潮深深影响着高捷成。

1926年初，高捷成未毕业即赴广州受训，参加国民革命军第一军，任宣传员。后随北伐军东路军进入漳州。大革命失败后，他毅然脱离国民党军队。1927年夏，考入厦门大学攻读经济学，未毕业，就去上海中南银行就职。不久，他回到漳州，在其宗叔高开国任经理的"百川银庄"当出纳。他通过在北乡游击队的堂弟高渭南，与南乡游击队负责人王占春（后任红一支队支队长）取得联系，先后暗中从"百川银庄"提出2万多银票交给游击队，为游击队缓解了经费困难。

第五章　跳出外线

南山寺，成了高捷成和王占春联系的秘密据点。

长汀，毛泽东经过深入的调查研究，对漳州情况了然于心，终于下定率领中央红军东路军攻克漳州的决心。

毛泽东意识到，一个多月前的赣州战役，红军伤亡3000多人，非常需要一场胜仗来提振士气，打破国民党军的第四次"围剿"。而且，攻打漳州的意义，还不止于此。

从政治局势上看，日军势力已扩至厦门沿海，打下漳州，可以威逼厦门沿海的日寇势力，用实际行动让国统区的劳苦大众了解中央苏区红军的性质和抗日主张，团结各阶层民众一致抗日，无论对国内、国外都将产生极大的政治影响。

从军事上看，驻守漳州的国民党陆军第四十九师张贞部，多次"围剿"闽西苏区红军，是进攻闽西苏区的主要敌人。打击和消灭该部，可以为闽西苏区的巩固发展消除大患。此外，粤军也正向闽西苏区逼近，东路军若打出外线，可吸引、牵制粤军，争取军事上的主动，从而减轻闽西苏区被敌围逼的压力。

从经济上看，由于国民党在军事上对苏区根据地进行"围剿"，在经济上进行封锁，造成根据地内财政经济的巨大困难。漳州是福建富庶之地，工商业繁荣，打下漳州，可筹款筹物，缓解苏区财政和红军的困难。

毛泽东分析，红军攻打漳州，不仅有必要，而且具备有利条件。红军有闽西根据地做依托，有可靠的后勤保障；有闽南党组织和工农游击队的内应配合；漳州地处九龙江平原，开阔

四十九个昼夜

平坦，易攻难守，仅西北部有天宝山为天然屏障。而天宝山在漳州市郊，恰好可以充分发挥我军打运动战的长处。

红军攻打漳州，广东军阀陈济棠会不会出兵驰援张贞呢？

毛泽东判断，张贞不属粤军派系，关键时刻，陈济棠不会愿意出手相助。同时，陈济棠也防着蒋介石，担心兵力派往福建太多，蒋介石会乘虚而入，让其嫡系部队取而代之。红军若攻打漳州，粤军短时间内不会驰援张贞，这为红军进漳争取到时间空间。然而，在蒋介石的催促下，陈济棠一部已进入闽粤赣边界，为此，攻克漳州，必须集中迅猛，速战速决。

那么，驻守泉州的陈国辉第一混成旅会不会增援张贞呢？毛泽东分析，陈国辉不敢，因为他被红军打怕了。1929年，红四军三克龙岩城，打的就是陈国辉。1929年5月，广东爆发粤桂战争，驻守龙岩的国民党福建省防军第一混成旅开赴广东东江地区，与桂系军阀作战，造成闽西兵力空虚。红四军主力抓住这一有利时机，从瑞金出发，于22日进抵龙岩以西的小池。23日，红军向留守龙岩的福建防军发起突然攻击，一举攻占龙岩城，歼敌两个营，俘获200余人。当日，红四军主动撤离龙岩，并于26日攻占永定城。福建省防军重占龙岩。6月3日，红四军第三纵队再次攻打龙岩，守军弃城逃跑，红军再占龙岩。此时，陈国辉率福建省防军第一混成旅主力从广东回援闽西，红四军又主动撤出龙岩、永定两城，集结于新泉、才溪进行修整，造成向江西退却的假象。19日，当陈国辉旅刚刚开进龙岩时，红四军乘其不备，以迅雷不及掩耳之势从南、西、

第五章 跳出外线

北三面发起进攻，第三次占领龙岩。这一次，除旅长陈国辉化装逃跑外，福建省防军2000多人被歼。陈国辉一直惊魂未定。

毛泽东意识到，这是一次跳出根据地外线作战的大胆而精准的军事行动。然而这个军事行动，必须得到苏区中央局与中革军委的支持，尤其是周恩来的支持。

1932年3月30日，毛泽东在长汀致电周恩来。

恩来同志：

（1）电悉，政治上必须直下漳泉，方能调动敌人，求得战争，展开局面，若置于龙岩附近筹款，仍是保守局面，下文很不好做。

（2）据调查，漳州难守易攻，故我一军团及七师不论在龙岩打得张贞与否，均拟直下漳州。

（3）粤敌从大埔到龙岩胁我后路只须五天，五军团从信丰到龙岩须十五天，故若待已知粤敌入闽，然后调动，必迟不及。

（4）一军团已开至汀东之新桥休息，以乱敌探耳目，候七师取齐，即先向东行。五军团可随后入闽，但至迟四月十二日须到达龙岩待命。十三军亦须入闽，位于龙岩坎市，保障后路。现一军团前进，后路完全空虚，七师望催兼程来汀，若七师不取齐，一军团下漳州更单薄。

（5）我明日去旧县晤谭张。

泽东

三十日

电报发出后，毛泽东点了一根烟，望着远山，自言自

四十九个昼夜

语:"恩来会支持这次攻打漳州的军事行动吗?会的,一定会的……"

瑞金,周恩来看了毛泽东发来的电报,对朱德说:"玉阶兄,润之提出'直下漳州',理由很充分啊!"

朱德笑道:"润之早就惦记着漳州了,记得两年前,他担任红军总前委书记时,在当年3月18日发布的《前委通告第三号》中就提出'闽南只有张贞部队,稍远的将来我们可以取得漳州,使红色区域直通海口'。这符合他一贯主张'捡弱的打'的红军作战方略。"

然而,毛泽东"打到外线去"的意见却遭到苏区中央局一些人的质疑。他们看不到敌人总是跟着红军主力走,红军主力在白区打的胜仗越多越大,就越能保卫和扩大苏区的革命根据地。他们害怕红军走远了,敌人会来占领根据地,因此反对集中兵力向白区进军。过后,毛泽东在《中国革命战争的战略问题》一文中指出:由于看不见根据地人民的力量,常常发生惧怕红军远离根据地的错误心理。这种心理在一九三二年江西红军远出打福建漳州时,一九三三年第四次反"围剿"战役胜利后红军转向福建进攻时,都曾发生过。前者惧怕整个根据地被占,后者惧怕根据地的一部被占,而反对集中兵力,主张分兵把守,结果都证明不对。

周恩来力排众议,关键的时候给毛泽东以有力支持。他从瑞金专程赶往长汀,1932年4月1日,在福建省委机关所在

第五章 跳出外线

地——基督教堂二楼，召开红军东征漳州联席会议。这是一次具有决策性意义的会议，它为漳州战役的胜利提供了可靠的组织保障。

根据有关回忆，当时，会议室摆着长方形的会议桌，两边可各坐十余人。正面墙上挂有马克思、列宁的画像，画像是汀州列宁书局印制的。后面墙上挂着中国地图和世界地图。

会议听取中共福建省委有关漳州情况的报告，批准龙岩、

长汀基督教堂

四十九个昼夜

东征漳州联席会议旧址

漳州战役计划,并具体部署了前、后方的各项工作。

周恩来在发言中要求福建省委和各县委做好政治动员,供应充足粮食,地方武装要密切配合,并组织好广大工农群众运输队,做好有关支援工作。福建省委的同志表示坚决执行。会议提出以福建省苏维埃政府名义发表宣言,宣言要说明为了打败广东军阀的进攻和消灭军阀张贞,号召全闽西工农群众立即行动起来,消灭广东的军阀李扬敬、黄任寰,漳州的军阀张贞、杨逢年,开展革命战争,把帝国主义赶走。宣言内容要使敌人摸不到中央红军行动的主要方向。

会议决定,毛泽东、林彪、聂荣臻率领红一军团和红五军

第五章　跳出外线

团共九个师两个团东征漳州。周恩来、任弼时等及中央军委、红军总部留住长汀，以策后援。

这次会议开了整整一下午，直到黄昏才散会。

4月2日，毛泽东在上杭致电周恩来，指出"敌一部既入闽，我直捣漳、泉部队必须更迅速更集中，否则敌占先着，我军将进退维谷"；强调在赣州信丰的红五军团必须全部立即出发，于14日到达龙岩，以加强红一军团兵力。还提议苏区中央局、中革军委宜移长汀。

周恩来接受毛泽东的意见。很快，红五军团接到中革军委命令，从赣南信丰出发，向龙岩急行军。苏区中央局、中革军委也于10日移到长汀。

4月5日，福建省苏维埃政府发布了《为打破广东军阀和消灭张贞宣言》，全文如下。

全闽西工农劳苦群众：

全国苏区红军的胜利，特别是红军十二军占领上杭、武平以后，闽西与赣南苏区更大地联合起来向外发展，使广东军阀起了极大的恐慌。

广东军阀为要救自己的死命，分两路出兵向闽赣苏区进攻。最近广东军阀开兵到大浦松口，正在与张贞、钟少奎、马鸿兴等军阀团匪联合，要进攻我们赤色的闽西。

全闽西工农劳苦群众！我们不要等待军阀团匪来进攻，应当赶快向外发展，应当先下手消灭闽西前面的军阀团匪！

现在中华苏维埃中央政府，调红军来帮助闽西向外发展，全

四十九个昼夜

闽西的工农劳苦群众,应当马上动员起来配合红军与敌人作战!

打破广东军阀的进攻!消灭张贞、杨逢年!克复龙岩、坎市、洪雷!援助东江、漳州工农的斗争!加紧巩固闽西向闽北发展!开展全国反帝国主义的革命战争!

全闽西工农劳苦群众!红军前进了,你们不要观望等待,应当马上动员起来!

立刻动员地方武装到前方参加作战,打探敌情报告给红军,帮助红军带路送信,组织游击队赶快向外游击,扰乱敌人的后方,截击敌人的退路,搜缴敌人武装!

要活捉广东军阀李扬敬、黄任寰,要千刀宰割张贞、杨逢年,同时要消灭马鸿兴、周志群、钟少奎!

立刻组织运输队,随红军出发,帮助红军运输军用品,同时要把红军在前方所缴到的枪支子弹,把前方所得到一切战利品都要好好担回后方!

立刻成立粮站,帮助红军采买粮食。每个工农群众,自动省三升米便宜卖给红军!

立刻加紧赤色戒严巩固后方,消灭反动派的造谣捣乱,立刻自动当红军到前方去消灭国民党军阀团匪,同时要开展革命战争把帝国主义赶走!

全闽西工农劳苦群众!你们应当明白,只有这样动员起来,参加革命战争才能巩固苏维埃政权和巩固所分到的土地!也只有这样,闽西才好更巩固地向闽北发展,赶快实现江西和湘鄂数省革命的首先胜利。

第五章 跳出外线

宣言发布后,在闽西各级党组织和苏维埃政府的领导下,闽西苏区人民迅速行动起来,红军东征漳州的前期工作迅速而有条不紊地展开。

第六章　示形惑敌

大池宿营，不去小池。不顾坎市，直取龙岩。考塘之战，曾经夸下海口"不让红军一兵一卒过境"的阮宝洪，带着残部，一路向漳平方向狂逃。东路军乘胜攻入龙岩城。张贞的侦察机慌乱中挂在了朝天岭的树上。

攻打漳州，必先攻克龙岩。东路军在行动。红军所到之处，加紧赤色戒严，严密封锁消息。

1932年3月26日，红一军团到达长汀。

3月28日，毛泽东在长汀召开红一军团团以上干部会议，传达苏区中央局会议精神并作红军东征动员报告。之后，令红一军团开赴长汀东北的新桥迷惑敌人，以乱敌探耳目。

4月1日，红军东路军总部进驻长汀。

4月2日，红四军、红十五军经馆前、新桥、十里铺汇集长汀。

4月3日，红一军团从新桥、馆前一线掉头往南。7日，在上杭白砂与毛泽东会合。

第六章　示形惑敌

为防备红军攻打漳州，张贞以龙岩为第一道防线，以南靖县和溪为预备防线，以天宝大山为最后一道防线。

张贞主力杨逢年旅所属两个团分驻在龙门考塘、白土和坎市，其中，驻守龙门考塘的是二九一团，驻守白土的是二九〇团黄克绳部，驻守坎市的是二八九团，驻守小池的是叶扬榆的补充营和民团。龙岩县城设"前敌指挥部"，由张贞增调独立团张性白部协防。这样，张贞部署在闽西的总兵力有第四十九师两个团和少量地方民团。

此时，旅长杨逢年正在漳州与张贞密谋四十九师扩编之事，尚未回到防地。副旅长侯炯则告假在安海老家养病。留守旅部的参谋长黄振中乘机在龙岩城纵欲取乐，毫无防备。然而，龙门考塘守敌二九一团是经过训练的粤籍部队，有1000多人，武器配备精良，筑有土楼碉堡，对红军攻占龙岩依然构成威胁。

毛泽东提出，为了避免打草惊蛇，达到击敌不备之目的，部队在大池宿营，不去靠近龙岩城的小池。红军仅以部分兵力配合赤卫队攻占大池，不让龙岩守敌觉察是红军主力在行动。

4月8日，杨逢年在漳州得到消息，游击队进攻大池，攻势由弱到强，他不以为然："攻势由弱到强，又是'土共'骚扰。"

当日，大池即为红军及赤卫队占领。从大池撤出的反动民团退至小池，与杨逢年旅的第二补充营叶扬榆部会合。4月9日，红军在大池休息，集结兵力。

东路军总部派出一支小分队抵近考塘侦察。

四十九个昼夜

考塘，离龙岩城约5公里，为龙岩城的重要屏障。这里地形十分险要，考塘村位于山谷低洼地带，岩汀公路劈村而过。公路两侧是高山和茂密林木。杨逢年派出该旅装备最好、战斗力最强的阮宝洪二九一团驻守此地。该团在公路两侧筑有两座坚固的炮楼"奎阁楼"和"协鸿楼"，配备重兵，互为掎角，居高临下，扼守公路。在山上的制高点配备了重型武器。大有"一夫当关，万夫莫开"之势。

侦察参谋问担任向导的赤卫队员："有小路通往公路两侧敌人阵地背后的山顶吗？"

赤卫队员说："有，两侧都有隐蔽的山间小道通往山顶，这一带我们很熟悉。"

侦察参谋听了点点头，没有作声。

此时，阮宝洪正带着一帮军官登临枫寮岭顶机枪阵地。一群国民党兵在当官的吆喝下，正忙着往阵地搬运弹药。阮宝洪指着穿过山谷的公路，张狂地说："凭着这有利地形和精良武器装备，别说'土共'，就是共军主力部队来了，一兵一卒也休想过境。"

阮宝洪做梦也想不到，红军会从阵地背后发起攻击。

当天，东路军总部在大池召开军事会议，龙岩县工作委员会主任郭汉金汇报了守敌情况。

会议制订了作战方案："以一部兵力配合赤卫队佯攻小池守敌，继续造成赤卫队'骚扰'之势迷惑敌人。红军分三路

第六章　示形惑敌

攻打龙门考塘，消灭考塘守敌后，一鼓作气，向龙岩西门、北门进击，攻占龙岩城。"

毛泽东表示赞同："好，示形惑敌，不顾坎市，直取龙岩。这仗就这么打。"

此时，龙岩城守敌接到蒋介石南昌行营的命令：江西共军主力有进犯闽西南之企图，你部务须加紧防备。

参谋长黄振中一面将电令通报各团，一面电告漳州的杨逢年，催促他速返指挥。

然而，南昌行营这道本来已经滞后的命令并没有引起龙岩守敌的重视。杨逢年对黄振中的来电催促不屑一顾："共军的企图毕竟只是企图，此类电报也不是第一次收到，用不着大惊小怪，还是在漳州多住几天再说。"

杨逢年旅驻守龙岩各团团长接到通报，更是不以为然。独立团团长兼龙岩县长张性白看了参谋长送来的通报，嘴里哼着："南昌行营的情报有几次是准的？杨逢年旅长自个儿跑到漳州寻欢作乐去了，我也乘机放松放松。"他把通报丢在一边，和太太小姐们躲进小屋搓麻将去了。

4月10日凌晨，东路军各部从大池隐蔽前进，翻过小池岭和下庐山，先由赤卫队向民团发起进攻，造成敌人错觉，然后红十五军一部乘敌麻痹，迅速消灭驻守在小池的敌前哨补充营和民团，击毙敌营长叶扬榆，斩断了考塘守敌的触角，残敌向赖坑方向溃逃。战斗中，龙岩县工作委员会主任郭汉金不幸

四十九个昼夜

牺牲。

驻守考塘的二九一团团长阮宝洪从溃逃的民团团丁口中得知："共军占领了小池，叶扬榆的补充营被打散啦！"

阮宝洪吃了一惊，问："是共军主力部队吗？"

"看是游击队，开始火力不强，可越打越猛。"

听说是游击队，阮宝洪松了一口气："我还以为是江西过来的共军主力呢！"

10日上午7时许，红军分左中右三路向考塘挺进。中路由红十五军担任先头部队，沿公路猛烈冲锋。左右两路由红四军组成。右路红军在赤卫队员陈炳江、赖根荣带领下，从日升亭、芦花山抄小路由松山经长坑，爬上尖笔山的鹅吹顶，越过公王仑，居高临下，从敌人背后猛烈开火。陂子头战壕和枫寮岭顶机枪阵地的敌人被打得措手不及，很快被消灭了。

正在与中路红军激战的奎阁楼守敌看到鹅吹顶飘起红旗，枫寮岭顶传来一阵喊杀声，顿时慌了手脚，弃楼越过公路，企图夺取红竹山山顶制高点。

左路红军在龙岩县游击队长罗光国和龙潭村赤卫队员邱德全的引领下，由山间小道登上东洋山，攀上后龙山，突然出现在协鸿楼背后的浮山上，向协鸿楼的守敌发起攻击。中路红军也向协鸿楼的守敌发起凌厉攻势。占领枫寮岭的左路红军则用迫击炮向协鸿楼轰击。协鸿楼的守敌三面受袭，见突围无望，只好缴械投降。

这时，敌人从龙门方向开来一营增援部队，会同从奎阁楼

第六章 示形惑敌

溃退下来的残兵,爬向红竹山,企图做最后抵抗。没想到,左路红军在赤卫队配合下,已抢先占领红竹山山顶制高点,右路红军的追击也接踵而至。红军两面夹击,又歼灭了敌人一个营。

曾经夸下海口"不让红军一兵一卒过境"的阮宝洪,带着残部,不敢进龙岩县城,一路向漳平方向狂逃。

考 塘

在漳州的杨逢年看到参谋长黄振中发来的急电:**考塘失守,二九一团被歼,红军主力打到龙岩城下**……

杨逢年大惊失色,一面急令驻守白土、南阳坝、红坊、坎市的部队后撤,一面从漳州急赴龙岩。

杨逢年刚进龙岩城,就听到城外响起密集的枪声,不由惊呼:"红军开始攻城了,赶快撤退!"

红军消灭考塘守敌后,于当天下午一鼓作气,兵分两路攻打龙岩城,一路由龙门正面进攻西门,一路绕道铜钵,从背面攻入北门。防守龙岩城的国民党四十九师独立团多系新兵,一

四十九个昼夜

经红军冲击,不战自溃,大部被歼。

国民党四十九师独立团团长张性白负伤,率残部100多人随刚从漳州赶来的杨逢年仓皇逃出南门,向适中方向撤退。10日下午5时,东路军攻入龙岩城。

杨逢年在撤退途中遇到溃逃的驻守白土的二九〇团黄克绳部,忙令该团少校团副林梦飞率第三营的两个连断后,掩护残兵撤退,又命从坎市撤出的二八九团及吴赐独立营到适中集中后,往南靖方向后撤。

时值春雨绵绵,漳龙公路泥泞不堪。杨逢年的残部兵败如山倒,丢下辎重和伤员不管,和随同出逃的地主豪绅争先恐后,挤成一团。

4月11日,《红色中华》登载了这样一则消息:

红军攻下龙岩城(专电),消灭张贞部队两团左右,缴获的枪支军用品甚多。

《红色中华》报道

十一日无线专电,我红军于十日下午攻占龙岩之福建军阀张贞白军,该教导团大部、独立团完全被我红军歼灭,当即将龙岩城占领。战后俘获统计:步枪千余,卜壳二十五支,三十一年式轻机关枪七挺,旱机关枪三支,炮

第六章　示形惑敌

两门,俘虏营长一名,连排长数十名,无线电机一架,收音机一架,子弹十二万余发,修械机一架,制弹焗数大袋,汽油七十余瓶,以及其他军用品无数。此役敌原有兵力九团,且配合新式武器,自被我军消灭大部后,即全退适中,我军正在追击中。

张贞得知红军攻占龙岩的消息,十分震惊,决定派一架练习机去看个究竟,结果演了一出飞机挂树头的闹剧。漳州市政协原常委、漳州市民革原主委汤涛在《红军进漳前二三事》(载《漳州文史资料》1982年第1期)一文中,生动地记述了这件事。

1932年4月上旬,毛泽东率领工农红军进闽西攻龙岩,势如破竹。国民党驻军四十九师杨逢年旅,闻风而逃。10日,张贞派师部国民党特别党部书记长吴光星乘练习机,飞往龙岩侦察。飞机到龙岩上空,看见城上红旗飘扬,龙岩已被红军占领,飞机要降落加油已不可能了,即转头飞回。不料驾驶员心慌意乱,竟将飞机偏向安溪、同安飞行,因油尽在同安朝天岭上迫降,飞机螺旋桨挂在大松树的树干上,以致练习机吊在半空中,吴光星和驾驶员均受重伤,脸肿如斗,动弹不得。幸得附近农民跑来看怪物(在五十年前的山区农民没有看过飞机,以为天上大鸟飞投树上),吴光星等摇手呼救,农民们才知内中有人,借来长梯爬上去,将吴光星等抱了下来,抬往同安医院急救。吴光星将情电告漳州驻军司令部。11日,航空处命令我(我系航空处少校副官兼公路局护路大队长)即日带两辆大卡车赶往同安朝天岭运回该架练习机。我到达目的地,该机

四十九个昼夜

还吊在松树上，乃雇农民十多人，用大绳索将飞机吊放下来，并抬到公路上，装上大卡车运到同安医院，我去探访光星等受伤情况。光星托我带一函呈张贞，内中略称：光星等不幸，机毁人伤，任务未能完成，抱罪之至！龙岩已失，漳州应加防守等语。

12日，我将残机运到漳州机场仓库内，光星的信交航空处副官主任林思温呈张贞……

4月11日清晨，毛泽东骑着一匹白马随后继部队进驻龙岩城。三年前，他和朱德率领红四军三克龙岩城，建立了红色政权。而今，他又挥师东进，收复了这座被军阀张贞盘踞一年多的闽西重镇。然而，此时毛泽东并没有陶醉于胜利的喜悦之中，他心里惦记着这次红军东征的主要目标——漳州。

进入龙岩城当天，毛泽东就主持召开红一军团师长、政治委员以上干部会议，总结攻打龙岩的经验，研究下一步行动部署。

会议听取陈奇涵对考塘、龙岩战绩和战损情况的通报。

毛泽东总结道："这次攻打龙岩取得胜利，原因有三点，一是在白砂休息一天，集结了兵力；二是不顾坎市，直取龙岩；三是大池宿营，不去小池，击敌不备。这仗打得好！"

罗荣桓报告："主席，从赣南出发的红五军团正以每天100里急行军的速度日夜兼程，已从罗塘附近跨入福建，正沿

第六章 示形惑敌

武平、高梧、向上杭、白砂、龙岩挺进，预计14日前可以全部到达龙岩。"

毛泽东高兴地说："好呀，红一军团先在龙岩休整两天，补充给养，也让敌人集中，待红五军团与红一军团会合后，再向集中之敌发起进攻。"

陈奇涵报告："主席，东路军总部的意见是，红一军团全部投入攻漳战斗，红五军团兵分两路，第十三军驻守龙岩，负责保障龙岩到漳州的战勤供应运输线，第三军随红一军团进攻漳州。"

毛泽东说："我同意，补充一点，罗炳辉率福建省军区红十二军在闽粤边的上杭、武平地区警戒保障红军攻漳部队的后路和右侧翼。东路军挺进漳州，后勤保障非常重要。富春同志，你说说部队后勤保障情况。"

李富春报告："主席，眼下正是春荒季节，苏区粮食严重短缺，老百姓响应苏维埃政府号召，每户省下三升米卖给红军粮站。由于国民党军的长期封锁，苏区和红军的经费也很紧缺，我和毛泽民同志商议过，准备向龙岩商会暂借5000块银元，以解燃眉之急。"

毛泽东说："告诉龙岩商会，等打下漳州，一定如数奉还，我们说话算数。"

李富春说："请主席放心，我们一定做好落实。"

聂荣臻报告："主席，恩来同志正和罗明、张鼎丞一道，组织支前活动，整个闽西苏区的群众都动员起来了。"

四十九个昼夜

毛泽东感慨地说:"好在有恩来同志、有闽西的各级党组织呀!"

周恩来顶住上海临时中央和苏区中央局内部的压力,全力支持毛泽东东征漳州的军事行动,于4月10日,将苏区中央局和中革军委移到长汀,并以他特有的干练与缜密,亲自当起了红军东路军的"后勤部长"。闽西的各级党组织行动起来了,闽西苏区广大群众动员起来了。

苏区青年响应扩红号召,踊跃报名参加红军,仅上杭才溪乡,一天就有30多人参军入伍。

苏区内设立多处粮站,帮助红军筹集军粮,广大群众节衣缩食,自愿节省三升米,便宜卖到粮站。

长汀、龙岩、上杭等县群众和赤卫队、少先队组成大批运输队、担架队随军行动。苏区妇女更是表现出了极大的革命热情,不仅成立洗衣队、做鞋队,为红军战士洗衣做鞋,还积极参加运输队、担架队。仅上杭县妇女,在五天内就组成90支运输队、担架队。闽西支前群众人数几乎超过参战红军一倍。

时任龙岩西陂区苏维埃主席的魏金水在回忆中写道:我的家乡——龙岩县西陂区,位于龙漳公路一侧,漳州战役时,我红一军团、红五军团在西陂都设立了后勤指挥部,负责前线后勤保障。当时,前线战斗十分激烈,部队所需大量物资在西陂集中,然后再转运前线,同时还要动员大量人力往前线运输

第六章　示形惑敌

弹药，从前线接回伤员，任务相当繁重。但是，由于主力红军入闽，龙岩解放，群众的革命积极性很高，热情支援主力红军作战，发挥了后备军的强大作用。

魏金水还清楚记得当时的情景：仅各地征集到西陂待运的马草就天天堆积如山，人来车往，十分忙碌。

位于龙岩城临街的县商会二楼，毛泽东在住地见到大弟毛泽民。

"泽民，你这位刚上任的中华苏维埃国家银行行长干得怎么样啊？"毛泽东关切地问。

"由于国民党军的长期封锁，苏区经济和红军给养极度困难，刚成立的中华苏维埃国家银行连准备金都没有啊！"毛泽民忧心忡忡。

毛泽东神情凝重，"今天，富春还说到准备向龙岩商会暂借5000块银元，看来，苏区和红军财政正面临严重的困难，能否解决这个困难，关系到革命根据地的生存与发展呀！"

"大哥，我今天来，还有一件事要告诉你。"毛泽民说。

"噢，还有什么事快说。"

"我找到了当年收养毛金花的老乡，那位老乡说，孩子已经没了……"

毛泽东听了一怔："什么，小金花没了？"

毛泽民说："哥，我觉得小金花也可能还活着，我会继续

四十九个昼夜

查找的。"

　　毛泽东点了一根烟,神情凝重,"红军马上就要东征漳州了,找金花的事,以后再说吧!"

第七章　直下漳州

东路军兵分两路向漳州挺进。行军途中，一个叫水潮的村庄引起毛泽东的关注。龙山顶，陈冬生用机枪打敌机。强渡永丰溪。南坪村，刘亚楼召开作战会议。

正当红一军团在龙岩城休整的时候，东路军总部就派出红四军十一师三十三团作为先遣队，在团政委刘忠、副团长陈冬生率领下，从永定坎市迂回穿插，悄然进入南靖境内的梅林、奎洋，沿漳龙公路而下，绕到龙山，侦察、摸清守敌情况。

1932年4月14日，红五军团如期赶到龙岩。

东路军总部下达命令：红五军团的第三军，随红一军团的第四军、第十五军攻占漳州；红五军军团部率第十三军驻守龙岩，监视大埔方向的广东敌军，并与在闽粤边的上杭、武平地区布防的红十二军一起，保障从闽西苏区到漳州前线的后勤补给线。

东路军兵分两路向漳州挺进。一路经龙岩的适中、盂头、前林、林田，到达南靖和溪；一路从马岩岭经漳平的龙车、永福，到达和溪。

东路军总部及红一军团第四军（军长王良、政委罗瑞卿）13日离开龙岩，14日抵水潮，15日抵马山。第十五军（军长黄中岳、政委左权）14日抵和溪，15日抵龙山，16日抵宝林。

红五军团14日赶到龙岩，即按东路军总部部署，令第十三军（军长董振堂、政委何长工）驻守龙岩，负责保障龙岩到漳州的战勤供应运输线，令第三军疾速向南靖推进，与红一军团一起参加进攻漳州战斗。

时任红三军第九师参谋长的耿飚在回忆录中写道：毛泽东同志和我们一起行军。他头戴遮凉盔帽，骑着一匹马，瘦削的脸上露着微笑，不时地下马与战士们共同步行。当时，中央曾先后撤销过红一方面军和一军团的建制，毛泽东同志的总政委和总书记职务实际上也被撤销了。在恢复一军团建制时，改由林彪任军团长、聂荣臻任政委。但是毛泽东同志的威望并没有从指战员心中"撤销"。现在他仍然率领大军东征，使广大指战员增强了必胜的信心。

行军途中，南靖金山有一个叫水潮的村庄引起毛泽东的关注。水潮位于九龙江支流西溪边上，漳州到这里的水路可以通航，漳龙公路从村中的水潮街穿街而过。由于水路交通方便，这里曾经是汀漳古驿道的一个驿站，漳州到龙岩的货物在这里停留、转运。

毛泽东亲自察看了溪边的码头，吩咐罗荣桓："红军攻克漳州后，将有大量物资运往中央苏区，这里是水陆交通的中转

第七章　直下漳州

站，必须成立一个机构，专门负责此事。还有，要留下一部分兵力，防止地方民团的袭击和土匪的袭扰。"

罗荣桓说："主席放心，我立即安排落实。"

得知中央红军进军漳州的消息，闽南各级党组织迅速行动起来。中共厦门中心市委发出《对于红军克复龙岩与我们紧急动员的决议》，决议提出："红军到漳州后，我们工作的重心是在漳属，因此市委应加强漳属党的领导，集中人力到漳州去。""立即集中工农游击队，实行大骚动，利用地势熟悉与群众掩护，袭击敌人的后方（尤其是根据地的漳州城），与截缴敌人的武装"，"发动群众，进行骚动工作，破坏桥梁，割电线电杆，捣毁马路，破坏敌人的交通，以动摇敌人的军心，牵制敌人，增加敌人对付红军的困难"。"在红军胜利的影响中，抓住群众高涨的情绪，与敌人的极端动摇、恐慌，猛烈地发动群众斗争，从抗捐抗税抗债以至打土豪，实行土地革命，以缴反动武装，以配合红军夺取漳州，创造苏维埃的闽南。""为着发动广大的群众起来，参加民族革命战争，此时要扩大反帝运动，提高群众反帝的情绪。同时要联系到拥护红军的宣传，只有工农红军才是真正反帝国主义的武装力量。""要找各种线索去接近士兵，打进他们中间去，组织兵变，以瓦解敌人军队，并夺到革命方面来。""要在群众中建立武装的组织，成立工人纠察队、农民自卫队等，加紧军事训练，如有工农游击队要尽量扩大起来。""要号召城市进步工人到漳州当红军、工农游击

四十九个昼夜

队去……"

中共厦门中心市委还急调正在惠北领导农民斗争的蔡协民前往漳州,加强工作。

在龙溪县南乡龙虎庵,漳州县委机关所在地,邓子恢组织召开县委会议,对政治形势作了详细的分析,布置迎接红军的准备工作。

王占春、李金发、冯翼飞带领游击队在漳州的南乡、石码、海澄与靖和浦边界一带打土豪,治恶棍,斗联防,灭侦探,张贴标语,散发传单,破坏公路,砍断电杆电线,袭击敌军,以"增加敌人对付红军的困难"。

4月15日晨,先头部队红十一师三十三团抵达龙山。这时,从漳州方向飞来一架敌人的小型通讯侦察机,侦察机擦过龙山山顶,掠过三十三团的宿营地,往龙岩方向飞去。敌机并没有发现我先头部队。

三十三团副团长陈冬生望着渐渐远去的敌机,搓着手,命令机枪连长:"快,在龙山山顶给我架起一挺重机枪。"

连长马上让几个战士在山顶上架起一挺重机枪。他知道陈冬生原是国民党军机枪连副连长,是一个老练的机枪射手,但对机枪打飞机还是将信将疑,问道:"陈副团长,你确信等会儿敌机会按原来的线路飞回来吗?"

陈冬生胸有成竹:"你就等着瞧吧!"

果然,不一会儿,就从龙岩方向传来敌机的嗡嗡声。陈冬

第七章　直下漳州

生紧握机枪，半仰着身子，熟练地调整好射击位置，屏住气，静静等待着。

就在敌机飞经龙山山顶的一刹那，陈冬生对准敌机，"哒哒哒"就是一梭子。敌机掀了掀翅膀，摇摇晃晃飞走了。

"陈副团长，飞机打中了吗？"连长问。

"好像……是打中了。"陈冬生也不确定。

漳州城内，国民党第四十九师司令部作战室，气氛肃杀。作战室墙上挂着一幅"漳州天宝一线作战部署图"，屋子中间摆着一张长方形条桌。张贞坐在靠墙的主位上，背对着地图。左侧坐着参谋长肖樾、一四五旅旅长杨逢年及属下的二八九团团长陈林荣、二九〇团团长黄克绳（缺二九一团和师独立团，这两个团的大部几天前已在龙岩被红一军团歼灭）。右侧坐着行营主任林学渊、一四六旅旅长王祖清及属下的二九二团团长黄南鹏、二九三团团长陈启芳、二九四团团长林青龙。

张贞板着脸说道："诸位，共军主力占领了龙岩，我损失两个团。现共军正沿着龙漳公路向天宝大山逼近，企图攻占漳州城。就在今天上午，我们一架侦察机还被共军机枪打中，飞行员受了重伤，送到医院还来不及抢救就死了。南京来电，责令我师务必收复失地，勿再贻误戎机，坐令赤祸蔓延。天宝大山，是阻挡共军的最后一道屏障，可以说，是我四十九师的天灵盖，我们务必死守南靖到天宝的防线。下面，由肖樾参谋长作战斗部署。"

四十九个昼夜

肖樾走到作战地图跟前,比画着说道:"共军从西面进攻漳州,有两条通道,一条是汀漳古驿道,其关隘就在天宝大山的十字岭、风霜岭一线;一条是漳龙公路,必须经过南靖靖城。现在下达作战命令,右翼的十字岭、杨梅岭、风霜岭阵地,由王祖清之二九二团、二九三团、二九四团防守,前线指挥部设在天宝圩;左翼的宝林桥、笔架山、榕仔岭阵地,由杨逢年之二八九团、二九〇团防守,旅指挥部设在靖城;以二九三团一个营置于乌石山附近,配合省保安一旅陈国辉部警戒华安至浦南一线,防备共军抄后路入漳;另以二九二团的两个营置于天宝圩附近为总预备队,相机向两翼增援。师部掌握直属部队,驻漳州城指挥。"

张贞鼓气道:"诸位,共军虽来势汹汹,然,我们有精良的武器装备,据险天宝大山,还有设在茶铺的炮兵阵地,装备简陋的共军想要吃掉我四十九师,还欠一副好牙口。我已电请南京,令陈济棠的粤军火速驰援漳州。只要我们坚守几天,待粤军一到,对共军实施反击,还可乘机吃掉其主力。各部务必精诚团结,密切配合,打好这一仗。"说完,张贞瞥了王祖清一眼。

王祖清不动声色,心里却嘀咕着:"把我的一四六旅放到最危险的十字岭、风霜岭,把杨逢年的一四五旅摆在相对安全的笔架山、榕仔岭,当我傻呀!"

天宝大山,屹立于南靖、华安、天宝边界,周围百余里,

第七章　直下漳州

排闼十二峰，群峰连绵，山势挺拔，石壁陡峭，是漳州城西北部的天然屏障，也是龙岩进入漳州城的最后一道要隘，为历代兵家必争之地。天宝十二峰中，著名的有五峰山（也叫五尖山）、十字岭、杨梅岭、风霜岭、笔架山和榕仔岭。榕仔岭处于九龙江西溪的永丰溪与龙山溪的汇合点，地势险要。五峰山、十字岭、风霜岭则紧挨一起，成鼎足之势，互为牵制，相互响应，更为险要。而北面天险五峰山，是十字岭背后的制高点，其西面尽是悬崖峭壁。

张贞进驻漳州后，就派出工兵、强征民工，在榕仔岭及宝林桥一带构筑特级防御工事，有众多碉堡、炮台、机枪座、战壕和布满枪眼的板墙。

红军东路军派出一支侦察小分队抵近敌前沿阵地侦察，还派出通讯兵潜入漳州城郊，在敌人驻漳州南坑前哨站附近悄悄接上电话线，监听敌前哨向张贞汇报的情况，了解张贞的军事部署。

4月16日下午，南靖县马山上苑村"锦丰堂"大厝中厅，中央红军东路军总部召开作战会议。毛泽东、林彪、聂荣臻、陈奇涵、罗荣桓以及红一军团第四军军长王良、政委罗瑞卿，第十五军军长黄中岳、政委左权，红五军团第三军军长徐彦刚、政委葛耀山围着一张八仙桌，桌上摊着一张漳州外围敌我双方态势图。

红一军团司令部作战科长陈士榘汇报侦察情况："张贞派

四十九个昼夜

杨逢年的两个团防守左翼的宝林桥、笔架山、榕仔岭阵地，以阻击我从公路攻入漳州，派王祖清的两个团防守右翼的十字岭、杨梅岭、风霜岭阵地，以阻击我从山道攻入漳州。自去年7月以来，张贞就苦心经营，构筑从天宝大山到宝林桥一线的工事。为了阻拦红军进军漳州，这几天，杨逢年、王祖清又强拉民夫上山挖战壕、筑掩体、搭军棚、加固工事。从十字岭到五峰山两侧一线，军棚密集，敌军人影攒动，张贞在这里投入了9000多兵力，其中，四十九师装备最精良、战斗力最强的陈启芳二九三团部署在十字岭。"

毛泽东仔细看了地图上敌防守阵地的标识，说："看来，主战场就在天宝大山的十字岭、风霜岭。我的意见，兵分两路，右路为助攻，牵制敌之左翼，左路为主攻，进攻敌右翼之十字岭、风霜岭。消灭天宝大山守敌后，再迂回到靖城，会同右路夹击杨旅，以达全歼守敌之目的。"

毛泽东提醒道："国民党四十九师虽有'豆腐兵'之说，但这些年来，张贞乘着'围剿'红军，向蒋介石要了很多军火，同时，还暗地里购进日式武器，其装备新而且齐全，又据险天宝大山，我们切不可轻敌。"

东路军总部作出战斗部署：红四军抢渡宝林桥上游的永丰溪，直插南坪、内洞，主攻敌风霜岭、十字岭；红十五军在宝林桥西岸溪口、宝林村的大岭头、山城燕塔村的跳子头对敌实行佯攻，待天宝战斗获胜后，一举攻克榕仔岭，夹击靖城之敌；以红三军为预备队，4月17日晨发起进攻，击碎张贞守敌

第七章　直下漳州

的天灵盖!

十字岭，匪气十足的二九三团团长陈启芳在军棚里召集营以上军官训话:"十字岭是天宝防线的核心阵地，这里必有一场恶战。师部命令，我们二九三团务必死守十字岭，守住阵地，重重有赏，临阵逃脱者，严惩不贷。石鼓仑是十字岭的突出部，地势险要。我命令，在这里配置三挺重机枪，加固炮阵地，备足弹药。还有，把十字岭西面的树林和灌木全部给我砍光，在阵地前方埋上竹尖和铁三角器，看共军的草鞋硬还是我的竹尖、铁尖硬。"

此时，陈启芳没有想到，他重蹈了驻守龙岩考塘的二九一团团长阮宝洪的覆辙——只顾眼前，不顾背后。

4月16日下午，黄中岳、左权率红十五军运动到了宝林。部队做好对宝林桥、靖城守敌佯攻的准备。

这一天，南靖县下起了暴雨，九龙江各支流水位迅速上涨。此时，红四军先头部队已达永丰溪西岸。山洪随时暴发，必须抢渡永丰溪。

随先头部队行动的参谋长陈奇涵、政治部主任罗荣桓立即组织部队渡河。

战士们将绑腿、绳索连接起来，由会游泳的战士先拉过对岸，然后按顺序拉着绑腿、绳索过河。罗荣桓骑着他的黄骡子，让红一军团政治部秘书童小鹏和红四军十师政治部青年科

四十九个昼夜

科长梁必业两个"红小鬼"拉着他的骡子的尾巴一起过去。为了完成战斗任务,红军指战员顾不得浑身湿透,过了河就急速前进。

先头部队刚刚过河,突然山洪暴发,奔腾咆哮的永丰溪水把红四军大部队挡在了西岸。找船,没有。架桥,需要时间。扎筏,附近只有零星的荔枝树、香蕉林和甘蔗田。敌人随时可能出现,进攻时间迫在眉睫,情势危急!

这时,游击队和当地老乡赶到了。刚入伍当红军的宝林村青年吴开进带着几位年轻人领着部队来到永丰溪下游。吴开进用绳索一头绑在九房山下的一棵大枫树上,一头系在腰上,纵身跳入较为宽阔、水流相对平缓的溪中,奋力游向对岸的鲤鱼滩。几个年轻人也跟着游过永丰溪,在鲤鱼滩打下木桩,把系在吴开进腰上的绳索解下绑在木桩上。大部队在激流中攀着绳索,互相牵拉着渡过奔腾咆哮的永丰溪。

担负助攻任务的红三军赶到永丰溪岸边时,已到了盛水期,河床满溢,激流卷着泡沫奔腾而下,根本无法徒涉。红九师政委朱良才、参谋长耿飚命令部队:立即轻装,泅渡。

耿飚回忆:"全师大部分是南方人,基本上都会游泳,唯独

耿 飚

第七章　直下漳州

我是个'旱鸭子'。这是因为我从小长于矿山，再加上母亲因我那'五行缺火'更怕水淹的顾虑，所以错过了学游泳的机会。因此，别人用块木板就可泅渡，我却没有把握。幸好，附近镇子上有一个'洋车铺'。漳州是个侨乡，当时平板车、自行车已经很多了，修车铺买卖兴隆，挂了个旧车轮做幌子。我向老板买下旧车轮里的内胎。虽然有几个补丁，充上气倒也不漏。我那时很瘦，有这条车胎，再找块木板，蛮可以对付。4月16日夜，全师分数批交替掩护，开始武装泅渡。我将'救生圈'套在腋下，一手扶着木板，一手举着手枪，奋力蹬水向对岸游去。正当我们师部人员到达河中心的时候，对岸的敌人发觉了我军企图，慌忙向我们射击。但由于天黑，距离又远，子弹都落进了水里。我们已经游到对岸的尖兵立即奋起反击，一面大喊'冲啊！''抓活的！'一面向敌人扑去。敌人是小股沿河警戒人员，等我尖兵冲到，早就逃得没影了。"

正当红四军、红三军强渡永丰溪的时候，红十五军则在黄中岳、左权的指挥下，于宝林桥的西岸溪口、宝林村的大岭头和山城雁塔村的跳子头对敌左翼的杨逢年旅发起佯攻，吸引敌人的注意力。

杨逢年向坐镇漳州城的张贞告急："师座，共军主力已兵临靖城，向我发起攻击。"

张贞问："你确定是共军主力吗？"

杨逢年说："是，绝对是共军主力，火力很猛，连迫击炮

四十九个昼夜

都用上啦！"

张贞放下电话，挂通天宝的王祖清："王旅长，右翼方向有共军动静吗？"

"师座，我正要向你报告，接警戒部队报告，发现有共军渡过永丰溪。"

"什么，发现有共军渡过永丰溪，是不是共军主力，现在在什么方位？"

"共军是夜间行动，像是大部队。过河后去向不明。"

"十字岭、风霜岭方向有共军动静吗？"

"暂时没有。"

"嗯，步兵、炮兵都进入战斗岗位，有新的情况及时向我汇报。"

张贞放下话筒，看着墙上的军用地图，念叨着："共军的主攻方向到底在哪里呢？"他忽然转过身，瞪大眼睛对肖樾说："快，命令飞机到南靖上空侦察，弄清楚过河共军的动向。"

红四军、红三军渡过永丰溪后，在夜幕的掩护下，直插南坪内洞，悄悄集结在天宝大山脚下。

4月17日、18日，大雨如注，水雾蒙蒙，东路军总部决定推迟到19日晨发起进攻。

东路军总部致电朱德、王稼祥、彭德怀、董振堂、肖劲光：本定昨日攻击，因两日来大雨朦雾河水陡涨，敌情地势均

第七章 直下漳州

红军进入天宝经过的石拱桥

不熟悉,因此部队运动和攻击都极感困难。决定明(19)日晨总攻,以第四军在左翼为主攻,十五军在右翼为助攻,七、八两师为预备队,从左到右横扫以期歼灭该敌。

耿飚在回忆录中写道:这个推迟后来被老百姓蒙上一层传奇色彩。他们说:红军有神人指点,在张贞49岁的时候,4月19日打49师,占领漳州49天,焉有不胜之理?活该张贞气数尽啦!

东路军前沿指挥部设在内洞村附近的寨前山顶的一片竹林里。由于寨前山没有防空设施,罗荣桓担心敌机轰炸,把毛泽东的指挥所兼休息地点安排在山背面一个叫墓仔顶的地方。这

四十九个昼夜

寨前山

里恰好有一棵大榕树,巨大的树冠浓荫蔽日,树的枝干挂满气根,形成天然的"帘子"。毛泽东指着榕树说:"放心,这榕树就是最好的防空洞。"

总部参谋人员刚刚在树冠下搭起毛泽东的指挥所,就听到由远而近的轰鸣声,张贞派出的一架侦察机在寨前山上空盘旋,飞机从榕树树冠上呼啸着掠过,并没有发现树下有人。

根据总部部署,东路军参与攻打天宝大山的部队有红四军、红三军,其中,担负主攻任务的是红四军。红四军的第十师负责攻打风霜岭,第十一师负责攻打五峰山、杨梅岭,第十二师负责攻打十字岭。

4月18日下午,天气开始转晴。红十一师师部在南坪村河边的一间破草房里召开作战会议,下达作战任务:三十一团由团长吴臬成率领,绕到敌后去歼灭大尖山守敌;三十三团由政委刘忠率领,正面进攻在板溪和盘桓岭之间的敌阵地,打开缺口;三十二团由政委杨成武带领,随三十三团跟进,扩大战果。

第七章　直下漳州

红十一师政委刘亚楼强调："明天凌晨，以寨前山总部发射的三颗信号弹为据，部队发起攻击。为了增强攻击的突然性，各团今天夜里就要悄悄靠近敌人前沿阵地。由于大尖山、二尖山路途较远，还要爬山，三十一团今晚要提前出发。一旦发起进攻，各团就要猛冲猛打，速战速决。全体指战员要以顽强的意志打好这一仗。"

十字岭

第八章 血战天宝

天宝山激战。一支精干的突击队,神不知鬼不觉地出现在守敌背后。王祖清临阵脱逃,杨逢年"割须弃袍",抱着一块门板跳进九龙江。九龙岭,张贞差点当了游击队俘虏。红军越过天宝大山,穿过香蕉林,闽南重镇漳州展现在面前。

在夜色的掩护下,三十一团由熟悉地形的南坪村民陈江汉当向导,凭着绳索、飞虎爪登钩,攀悬崖,过山涧,穿山脊,神不知鬼不觉地潜伏在大尖山守敌阵地前。三十二团、三十三团也进入杨梅岭攻击点。

进攻十字岭的红十二师三十六团尖刀连出发前,在内洞村畲埔陈文理大厝门前的晒谷场举行战斗宣誓仪式。三十六团虽是个只有600多人的小团,却是一支能打硬仗的部队(战前从红十二军调出,归建红四军)。团政委田桂祥是湖南郴县人,参加过湘南起义,随朱德、陈毅上井冈山。1929年12月,以士兵身份参加古田会议,并当选为红四军前敌委员会委员。1930年后担任团政治委员,参加了长沙战役和中央苏

第八章　血战天宝

区第一次至第三次反"围剿"战斗，是一位作战经验丰富的指挥员。

团政委田桂祥亲自做战前动员："同志们，天宝战役就要打响，要攻占十字岭，必须先突破石鼓仓。这里山势陡峭，敌人又配备重武器，对部队的进攻构成很大威胁。我们团的尖刀连是黄洋界保卫战的英雄连队，我们要发扬英雄连队的精神，攻下石鼓仓，为部队占领十字岭打开缺口。大家有没有信心？"

"有！"战士们的回答低沉而有力。

月光，映照着战士们坚毅的脸庞。

田桂祥眼睛湿润了。他意识到，这些年轻壮士很可能再也回不来了。他决定和尖刀连一起行动，突破敌石鼓仓阵地，为全团攻占整个十字岭扫清障碍。

田桂祥看到队伍前排有一个充满稚气的小战士，便走上前，问道："小鬼，今年几岁了？"

"报告政委，我是司号员，今年17岁。"说着，小战士拿出别在腰间的军号。只见月光下，军号锃亮锃亮的，军号的手柄还系着一块红布条。

"政委，看，这是我的军号，我吹得可好呢！"小战士自豪地说。

田桂祥鼓励道："好，到时候，尖刀连就听着你吹冲锋号冲上敌人阵地了。"

小战士抚摸着军号，说："听我们连长说，翻过天宝大山，就到漳州城了，那是福建的第二大城市，我很想看看这座

四十九个昼夜

城市是什么样子。"

田桂祥说:"好呀,到时候,你就和尖刀连走在咱全团的前头,吹着军号进入漳州城。"

连长刘德山低声下达命令:"全体都有了,现在跟着带路的老乡,向石鼓仑出发,注意不要发出声响。"

三十六团尖刀连悄悄运动到十字岭石鼓仑峭壁下埋伏,这里能清楚地听到头顶不远处敌人说话的声音。

这时候,田桂祥才发现,原来对地形侦察不细,十字岭西北侧尽是悬崖峭壁,敌人则是居高临下,凭险据守,加上大雨过后,山上一片泥泞,面对敌人机枪阵地密集的火力,仰攻的部队将成为敌人的靶子。然而,总攻在即,为了打下十字岭,突破敌人的天宝防线,他只能带领尖刀连和敌人拼了。

这天晚上,毛泽东就住在榕树下的帐篷里。他吩咐警卫员吴吉清:"听到枪响,一定要叫醒我。"

然而,这一晚,毛泽东彻夜未眠。他不停地吸烟,来回踱着步。这是红军东征漳州的关键一仗,这一仗一定得打好。《孙子兵法·谋攻篇》写道,"十则围之,五则攻之,倍则分之",这次红军以1.5万之众攻打张贞四十九师1万人,在兵力上并不占太大的优势。尽管国民党四十九师战斗力不强,但其武器装备精良,而且据守天宝大山,我军处于仰攻。要打赢这一仗,最大限度歼灭国民党守军,既要靠红军的英勇善战,也要靠正确的谋

第八章 血战天宝

略。毛泽东对漳州外围守敌采取既分之又围之的策略，先消灭天宝防线的王祖清旅，再围歼靖城的杨逢年旅，调动敌在天宝镇的总预备队，灭敌于增援途中。为突破天宝天险，减少伤亡，部队采取夜间抵近埋伏，突然发起攻击的战术。而凌晨即将发起的攻击是否奏效至关重要，将影响着整个战局……

一阵密集的枪炮声打断了毛泽东的思绪，毛泽东走出帐篷，对吴吉清说："快，叫上警卫班，跟我来。"

漳州战役天宝山决战打响。红四军在军长王良、政委罗瑞卿的指挥下，对大尖山、十字岭、杨梅岭、风霜岭发起进攻。而红十五军在军长黄中岳、政委左权的指挥下，也向宝林桥对岸和笔架山、榕仔岭守敌发起进攻。

宝林桥

毛泽东来到寨前山红军东路军前线指挥部，此时天已破晓。毛泽东环视着天宝山战场，只见大尖山、十字岭、杨梅

四十九个昼夜

风霜岭通往漳州关隘

第八章 血战天宝

岭、风霜岭，延绵几十里，硝烟滚滚，枪声密集，进攻的红军和守敌激战正酣……

面对红军的凌厉攻势，在天宝镇的一四六旅旅长王祖清挂通靖城的一四五旅旅长杨逢年电话："杨旅长，共军对我天宝右翼防线全线发起进攻，我快顶不住啦，请你派兵支援，帮兄弟一把。"

杨逢年说："王旅长，我这里也遭到共军的猛烈攻击，你电话里听到隆隆的炮声了吗，共军连迫击炮都用上了，我这里也吃紧呀！"

王祖清挂了电话，骂道："杨逢年你见死不救，等着瞧，你也有求老子的时候。"

王祖清又挂通漳州城张贞的电话："张师长，右翼防线全线遭到共军猛烈攻击，请求增援！请求增援！"

电话那头传来张贞无奈的声音："王旅长，杨逢年那里也在告急，师部只有两个营的预备队和一个团直属部队，还要防着王占春那帮游击队乘机骚扰，你们只能各自为战了。"

王祖清放下电话，满腹怨气："哼，各自为战？到这时候还偏着姓杨的。我的右翼防线丢了，杨逢年的左翼也保不了，漳州城也就落入共军手中了！"

五峰山下，红三十三团一连一阵猛冲，以突然动作首先突破敌军在板溪与盘桓岭之间构筑的前沿阵地，政委刘忠、副团

四十九个昼夜

石鼓仑

长陈冬生率领全团跟进,不顾敌人的火力封锁,一股劲地向敌阵地纵深插入。

当红三十三团占领第二个阵地,绕过大尖山山腰,插向天宝镇的时候,回望大尖山,见三十一团已冲上大尖山山顶,正像赶鸭子一样,把敌人压到山下。

杨梅岭,敌二九二团副团长谢玉成带着该团一部,凭借有利地形和轻重机枪火力封锁,负隅顽抗,红三十二团冲锋在前的红军战士纷纷倒下。政委杨成武带领一个排的战士抱着炸药包,在机枪火力的掩护下,从左侧迂回迅速靠近敌阵地,十几个炸药包一起扔向敌人阵地,顿时,敌人的工事浓烟滚滚。全团红军战士跃出掩体,十几名战士端着轻机枪在前头开道,冲

第八章　血战天宝

向敌阵。守敌被这阵势吓蒙了，丢弃阵地四处逃窜。顷刻间，杨梅岭防线全部瓦解，敌二九二团副团长谢玉成被红军俘获。

与此同时，主攻风霜岭的红十师向敌阵地纵深迅速插入，敌二九四团团长林青龙见红军攻势猛烈，无心恋战，丢下阵地向天宝镇方向逃窜。风霜岭打开缺口后，担负助攻任务的红三军立即"揳入"，取得支撑点，扩大战果。耿飚回忆道："我带着师部通讯排与部队一起推进。敌人已经失去招架之力，失去建制的溃兵乱跑乱钻。我们只要大喊一声'不许动'，就有成片的敌人举手投降。可笑的是我们进展太快，收容队根本无法保障，由于缴得的武器太多，以致背不动。于是，我们将枪栓卸下，交给俘虏一根空枪，再喊一声'跟我走'，他们便紧紧跟在后边。每个战士后边都跟了一大群。"

在十字岭突出部的石鼓仑，敌我展开激烈的争夺战。寨前山方向升起三颗信号弹后，尖刀连以散开队形向山上敌人展开攻击。连长刘德山带着一排在前，连党代表王辉球带二排、三排跟进，山高陡峭，不易攀登，但凭着红军战士爬山的经验和冲杀的拼劲，一排很快就接近了敌人的前沿阵地。

敌阵地的三挺重机枪和十几挺轻机枪吐着火舌，对尖刀连的仰攻进行封锁压制。许多战士在接近敌阵时踩到尖竹和铁三角器，无法再往前冲，连长刘德山和一排大部分战士中弹牺牲。紧跟在连长后面的司号员也倒在了血泊中，军号被甩出两米多远。他嘴里直往外冒着血，艰难地向前一点一点爬着，终于，他握住了那把小铜号，可再也爬不动了。他牺牲时，眼睛依然看着前方，那眼神仿佛在说："冲上去，越过这座山，就到漳州城了……"

见连长和一排战友纷纷中弹倒下，王辉球振臂高呼："同志们，为连长和一排战友报仇。跟我向前冲！"他带领二排、三排冲向敌人阵地，但仍没能突破敌人防御，许多战士冲到敌人的阵地前倒下去了，王辉球和二排长负了重伤，失去知觉。至此，尖刀连已失去战斗力。

田桂祥带着三十六团的三个连向敌阵地反复冲击。由于敌人火力网密布，而我军又无强大炮火对敌进行压制，只能靠短兵火器从正面仰攻，致使进攻连连受挫，没能得手。

石鼓仑的枪炮声渐渐稀落下来，仰攻的部队和石鼓仑守敌处于对峙状态。

寨前山指挥部，陈奇涵报告战况："经过一个上午激战，风霜岭、杨梅岭已被我军攻克，部分残敌向天宝镇方向逃窜。红十二师对十字岭的进攻受阻，有三名团长负伤、战斗减员严重，现部队被敌火力压制在石鼓仑下。"

毛泽东凝视着十字岭，问道："十字岭背后左侧那座高山有敌人防守吗？"

陈奇涵报告："主席，那是五峰山。五峰山由石杆山、二尖山、大尖山、狮头尖、冷水坑尖五座山峰组成，是天宝大山的制高点。十字岭背后那座山是大尖山，敌人上面只部署少量兵力，已被我三十一团歼灭。"

第八章　血战天宝

根据毛泽东的意见，东路军总部下达作战命令：由攻占大尖山的三十一团迅速组织一支突击队，沿着山脊运动到十字岭背后。命令红十二师由正面进攻改为佯攻，派部队增援红十二师，吸引十字岭守敌的注意力。等突击队从敌人背后发起攻击时，红十二师再发起冲锋，对守敌形成上下夹击，一举拿下十字岭。

一支精干的突击队在老乡的引领下，顺着大尖山山脊一路向下，经过罗汉石，穿过胶东坳、粪箕坳，突然出现在十字岭守敌背后。

正当石鼓仑守敌用火力压制隐蔽在岩石后的红军时，没想背后突然响起冲锋号，一支红军队伍仿佛从天而降，向十字岭俯冲下来。

田桂祥立即命令三十六团的司号员也吹起冲锋号，带着部队向上猛冲，当冲到敌阵地跟前时，被敌人机枪打中，倒在血泊中。

短兵相接，敌人的重机枪、火炮失去作用。受到上下夹击的守敌慌了手脚，纷纷丢下阵地只顾逃命。敌二九三团团长陈启芳端起一挺轻机枪试图做最后反抗，被红军战士当场击毙。4月19日上午9时左右，敌右翼防线最后一个阵地十字岭被红军攻占。

十字岭战斗中，南坪内洞村群众不顾危险，用行动支持红军。他们组织了一支50多人的支前队伍，分为向导、后勤、

四十九个昼夜

救护三个分队。向导队翻山越岭为红军带路,当红军的活地图;后勤队为红军烧开水、备马草、炒米香;救护队配合红军卫生员从火线救护伤员。村民陈文理还把自己的沓埔大厝腾出来给红军伤员当临时"扎带所"。南坪内洞村,是一座与红军血肉相连的英雄的村庄。

从天宝大山和靖城方向溃退下来的国民党军向天宝镇逃窜。红四军攻破敌右翼防线后,立即兵分两路,一路乘胜追击,直逼天宝镇;一路扑向靖城,会同红十五军夹击敌杨逢年旅。

毛泽东带着警卫班来到一个刚攻下的阵地,看见到处是缴获的枪支弹药。在山背后敌人的指挥所里,堆积着一箱箱面包、罐头、火腿。

毛泽东吩咐通讯员:"速到红一军团司令部,传达我的意见,部队暂时停止进攻天宝镇,防止国民党军逃往漳州。待部队迂回到天宝东面,截住敌人往漳州的退路后,再发起攻击,围歼天宝之敌!"毛泽东的指令精准而干脆。

王祖清果然中计。他见红军攻下天宝大山防线后没有继续追击,心存侥幸,在天宝固守待援。

得知风霜岭、杨梅岭、十字岭阵地相继被红军攻陷,张贞急得像热锅上的蚂蚁——团团转。他试图做最后的挣扎,命令王祖清死守天宝镇,急令二九二团团长黄南鹏率总预备队两

第八章　血战天宝

个营从天宝赶往靖城增援杨逢年。

黄南鹏接到命令后,急忙带着总预备队赶往靖城,行至半途,被红军迂回截击包围,全部缴械。

红军切断天宝镇守敌退路后,于29日下午3时,对天宝镇发起总攻。这时,王祖清才如梦初醒,慌忙命令副旅长魏振南带着驻守天宝镇的部队撤退。自己带着姨太太和贴身护卫坐上军用吉普逃离天宝。

随行参谋人员问:"旅座,是不是把我们撤离天宝的消息告诉靖城的杨逢年旅长?"

王祖清瞪大眼睛:"告什么告!快撤。"

天宝大山,枪炮声渐渐稀少,最后归于寂静。

靖城的杨逢年慌了,一个劲挂王祖清电话,却听不到任何回音。杨逢年意识到,王祖清的右翼阵地丢了,他的左翼阵地也保不了。于是急忙抽一个营前去增援,可这个营走到半路,就被红军包围缴械了。几个跑得快的逃回靖城向杨逢年报告,右翼阵地已全部被红军占领了。

杨逢年气得直跺脚,骂道:"撤退也不通报一声。王祖清,老子跟你没完!"

杨逢年挂通了张贞的电话:"师座,王祖清的右翼阵地已全部被共军占领,共军正向我合围,请求师座增援,请求师座增援!"

张贞手中已经没有多少兵力可派,情急之下,他想到了钱:"杨旅长,一定要固守待援,顶住共军的进攻。我马上派

四十九个昼夜

人送去银元和钞票。告诉弟兄们,守住阵地,重重有赏!"

张贞放下电话,问一旁的参谋长肖樾:"王祖清那边有消息吗?"

肖樾报告:"天宝旅部的电话一直没人接。"

张贞感到情况不妙:"快,把留守漳州城的一个团调往天宝增援。还有,集合特务营,随我出城督战。"

肖樾问:"师座,那漳州城就唱'空城计'啦!"

张贞吼道:"天宝镇不能丢,天宝镇再丢,漳州就完啦!"

张贞不知道,天宝镇已经丢了。王祖清侥幸得以逃脱,副旅长魏振南和一批来不及逃跑的官兵成了红军的俘虏。

张贞四十九师一四五旅军需副官和勤务兵押运着10万银元和30万元钞票直奔靖城,没想车刚出漳州不远,就遭遇从天宝防线溃退下来的士兵。军需副官惊恐万状,连忙喊:"快停车,不能再走了,再走连车带银元都送给共军了。"

军需副官跳下车,命令押车的士兵:"快,用麻袋装好银元,埋到路边深沟里。"

勤务兵问:"长官,那30万元钞票怎么办?"

军需副官无奈地说:"看来漳州是守不住啦,你把30万元钞票带到厦门吧,漳州城就别回了。"

刘忠、陈冬生率三十三团进占天宝镇之后,即向通往漳州的公路派出部队警戒。部队刚出天宝镇,就发现张贞派出的增援部队以几辆汽车为先导,正向天宝镇开来。

第八章　血战天宝

刘忠、陈冬生迅速指挥部队沿香蕉林隐蔽前进，在敌侧翼一顿猛打，把敌人打得乱窜，不敢前进，后退到茶铺，扼守阵地抵抗。

红十五军对榕仔岭、笔架山、靖城的杨逢年旅发起进攻。杨逢年急令防守榕仔岭、笔架山的二八九团陈林荣部，二九〇团黄克绳部退守靖城，等待师部增援。然而，两团人马还未进入靖城，就被红十五军和红三军围歼缴械。部分残敌跳进九龙江试图泅水逃生，被暴涨的洪水淹死。

靖城陷入红军的重围之中。在黄中岳、左权的指挥下，红十五军集中迫击炮向靖城的敌人猛烈轰击。此时，守敌已无心恋战，一触即溃，争先恐后往天宝方向逃窜。

杨逢年大概是受了《三国演义》中曹孟德"割须弃袍"故事的启发，情急之下，赶紧剃掉胡子，脱掉军官服，换上一身农民粗布衣，抱着一块从祠堂拆下的门板，"扑通"一声跳进九龙江逃命。结果被激流冲到溪尾村，让河中的棘竹丛给钩住。一个阉猪的农民路过发现，把他当作上游落水的村民给救了起来，后来他又被草鞋店村的恶霸陈金如接走，躲藏两天后，经南靖山城、平和琯溪、云霄，狼狈逃往张贞老家诏安县四都镇东峤村。

张贞带着特务营赶到茶铺督战，见红军大兵压境，从天宝和靖城溃败下来的守军兵败如山倒，乱作一团。张贞怕后路被

四十九个昼夜

红军切断,让茶铺的炮兵胡乱放一通炮后,仓皇撤回漳州城。

三十三团副团长陈冬生带着战士一路猛打,冲进漳州南郊机场,在机棚内,发现了两架小型飞机,其中一架完好无损,一架被重机枪打坏了,机身有九个弹孔,机舱内还留有血迹。陈冬生认出,这就是他在龙山用重机枪打中的那架侦察机,他感叹道:"可惜呀,把飞机给打坏了,红军少了一件战利品。"

张贞从茶铺逃回到漳州城师部,一屁股坐在太师椅上,喘着气道:"夭寿!(闽南惊叹语)不是我张贞抵抗不力,是共军攻势实在太猛了。"

副官王祥提醒道:"师座,共军很快就要进城了,赶快撤吧!"

张贞这才回过神来,问:"太太和孩子都送出城了吗?"

"按您吩咐,已先行安排离开漳州,安全护送到厦门了。"副官答道。

张贞轻轻舒了口气,站了起来,向参谋长肖樾下令:"快,组织师直属部队撤离漳州城。"又对副官王祥交代:"烧掉军械库,带不走的武器弹药决不能留给共军。"

敌四十九师残部分两路撤退,小部由长泰退往同安,大部向漳浦、云霄、诏安方向溃逃。张贞之所以选择撤往诏安,一方面,诏安是他的老家,有他多年经营的基础,更重要的是,诏安是福建的南大门,与粤东毗连,万一情况不妙,他可以逃往广东。

当晚,张贞带着十多名卫士,后面跟着押运鸦片烟膏、银

第八章 血战天宝

元和枪械的护路队，撤出漳州城，往诏安方向逃去。

张贞坐在军用吉普后座，看着一路溃逃的游兵散勇，心情分外沮丧。在他的军旅生涯中，曾经有过不少败仗：1916年，他奉命中断在保定军校的学习，回福建率民军同北洋"福建护军使"李厚基打仗，结果在攻打灌口和同安县城的战斗中被击败了；1920年底，他任"靖浙联军"副司令，与陈炯明的粤军在闽粤边境作战，在饶平浮山战败，左臂负伤，侥幸突围脱险；1922年10月，他再次奉命率部讨伐陈炯明，在进攻潮汕地区时，又一次在饶平浮山战败；1928年，他为蒋介石同桂系打仗，出师东江，原想把潮汕攻下，没想到又被徐景唐打得一败涂地。

然而，这些败仗输得都没有今天这样惨。四十九师进驻漳州以来，他天天叫着"围剿"红军，可这会儿却被红军打上门来，不到两天工夫，就把大本营漳州给丢了，苦心经营的一个甲种师也被共军打没了。本来还梦想着扩军升任军长，没想到瞬间竟成了光杆师长。此乃时也命也运也！他在盘算着，这下该如何向南京的蒋介石交代？

汽车突然"嘎吱"一声停了下来，张贞的头差点撞到前排座位的后背，他正要发作，在前面引路的护路队长跑了过来："报……报告师座，这里是九龙岭，发现两棵树横拦在公路上。"

张贞猛然想起，一年前，王占春、李金发率领游击队在九龙岭伏击他运送枪支弹药的车队，就是在公路上横着两棵树。他不由倒抽一口冷气，下令："快，把树搬开，此地不可

四十九个昼夜

久留。"话音刚落，公路两侧响起了密集的枪声。

坐在前排的侍卫官说："不好，我们遭到游击队的伏击。师座，你千万别下车。"说完，跳下车，指挥卫士和护路队一边搬开树木，一边仓皇向游击队开枪反击。

一阵枪战，张贞的车队在九龙岭留下十几具尸体，夺路向着诏安方向疾驰。张贞差一点当了王占春的俘虏。他捶着车窗，吼叫着："王占春，我跟你没完！"

正当王占春带着游击队在九龙岭伏击张贞车队时，邓子恢、李金发正在下南乡古县大庵主持召开千人群众大会。

邓子恢说："乡亲们，红军是咱'甘苦郎'（穷人）自己的队伍，现在，这支队伍就要来解救我们了，我们要行动起来，和游击队一起迎接红军的到来。"

李金发接着讲话，他兴奋地说："乡亲们，张贞部队主力已经被我中央红军消灭了，残余部队正在四处逃窜，我们要配合红军，截击敌人的退路，搜缴敌人的枪支。我们游击队今晚就进漳州城，与中央红军会师，打开漳州监狱，救出我们的战友和亲人。"

参会的乡亲听了欢欣鼓舞、群情激昂。大会结束时，已近午夜。李金发连夜带着一支十多人的队伍向漳州进发，沿途阻击敌人逃窜的汽车，收缴散兵的武器。当队伍走到漳州城近郊时，遇到从城里方向跑来的两个人。

李金发询问："你们是从哪里来的？"

第八章 血战天宝

其中一个说:"我们是刚从监狱里逃出的。"

李金发问:"红军是不是已经入城了?"

两人顾着跑路,随口答复:"已经入城了。"

这时,漳州城内传出乒乒乓乓的声音,这是张贞部放火烧军械库弹药的爆炸声。李金发误以为是鞭炮声,高兴地说:"大家快点走,城里群众在放鞭炮欢迎中央红军呢!"

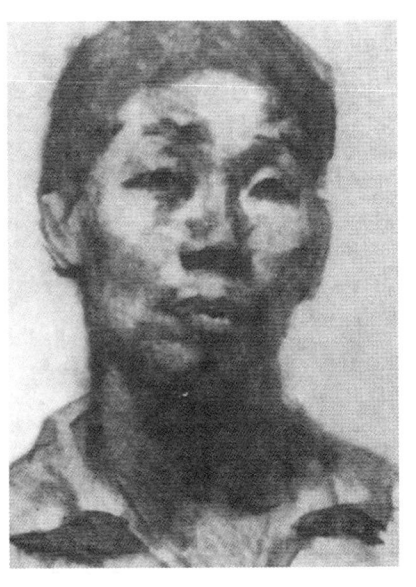

李金发

这时,天色昏暗,又下着毛毛细雨,能见度很低。李金发身上插着一支驳壳枪,一支"曲七枪",第一个走上东新桥头。想到马上就要见到中央红军了,关在监狱里的战友、乡亲还有老父亲也将被解救出来,李金发的心情特别激动。他边走边唱着红军歌曲,四名游击队员紧跟在他身后。

此时,东新桥靠漳州的一侧,一股监运弹药的敌人尚未撤走。敌哨兵发现桥上有人走动,当即呼喊口令。

李金发误认为是红军战士,大声回答:"自己人,同志!"

敌哨兵发觉不对,举枪射击。李金发来不及避开,腹部中弹,当即倒在了桥上。由于流血过多,这位优秀的游击队指挥员牺牲在红军进漳前夜,时年仅25岁。

四十九个昼夜

中央红军东路军突破敌人防线,翻越天宝大山,进入福建省最大的冲积平原——漳州平原。

部队穿过大片的香蕉林,行进在九龙江畔。流入平原的九龙江变得宽阔而平缓,扑面而来的凉爽江风,荡涤着战士们脸庞的烟尘,也带走战士们激战之后的倦意。渐渐地,闽南重镇漳州城展现在面前。

这是一座历史悠久、地处亚热带、农耕条件优越、工商业发达的沿海城市。

第九章　进城逸事

红军举行隆重的入城仪式。毛泽东头戴凉盔帽，骑着一匹白马，和部队一起进了漳州城。九龙岭卖汤圆的老汉。红军战士第一次看无声电影。有战士对着电灯点旱烟、拆开留声机找"小人"。警卫员彭吉林捉到一只"帝国主义的鸡"。

红军入城之前，专门进行纪律教育。东路军政治部主任罗荣桓召开各军政委、政治部主任会议，要求向全体指战员重申"三大纪律八项注意"；凡住城外的部队战士，没有师部证明不得入城；住在城里的部队战士上街时必须以班为单位，不许个人随意行动。

东路军总部决定，进城部队举行入城仪式，向漳州市民展现红军良好的精神风貌，也体现红军必胜的信心。聂荣臻亲自指导入城仪式，准备工作一直忙到1932年4月19日深夜。

4月20日上午8时，攻克漳州的中央红军东路军举行隆重的入城仪式。红三军经乌石亭从北门（实际上没有门）进入漳州。红四军由天宝经茶铺沿公路进入漳州西门。担任主攻天

四十九个昼夜

宝大山任务的红四军第十一师在王良、罗瑞卿率领下,走在全军的前面,刘忠率三十三团走在第十一师的前头,杨成武率三十二团紧随其后。

三十三团集中全团司号员作为前导,团直后面五个步兵连和机枪连排成四个纵队。快进城时,值勤官一声口令,军号齐奏,部队迈着整齐的步伐,行进在漳州大街上。

红军举行进驻漳州入城仪式

街道两旁挤满好奇的群众,都想看看红军这支队伍到底是什么样子的。大家议论着:

第九章　进城逸事

"这队伍真精神，比张贞的鸦片兵强多了。"

"这些后生一个个都很年轻，看起来比我儿子还小呢！"

"嘿，你快看，那个当官的在向我们招手呢！"

"这红军唱的是什么歌呀，还'拱麦拱麦'的。"

"你不懂，这唱的是《三大纪律八项注意》，那是'公买公卖'，就是说买卖价钱要公平。"

开进漳州的红军队伍，以威武雄壮的阵容，蓬勃向上的朝气，给漳州百姓留下了良好的第一印象。

杨成武回忆道："在进城的路上，我碰到毛主席。他穿着一件大褂，头戴凉盔帽，骑着一匹白马。他看到我后就下马与我一道走，问我们仗打得怎么样？我向主席汇报，缴了好多日本武器，有三八式、二十发驳壳枪、三七口径小钢炮等。毛主席听了很高兴，表扬了我们。就这样，毛主席与我们一路有说有笑，一起进了漳州城。"

杨成武

还是骑着那匹白马，还是头戴凉盔帽。这时的毛泽东，心情和进城的红军将士们一样，一扫赣州战役的阴影，充满胜利的喜悦。

17年后，进入北平的聂荣臻同样提出应该举行一个入城

四十九个昼夜

仪式，以扩大人民解放军的影响，也为北平增添胜利的气氛，很快得到中共中央的批准。1949年2月3日，平津前线指挥部在正阳门举行庄严的入城仪式。同年，经毛泽东提议，聂荣臻担任10月1日开国大典阅兵式总指挥。

1932年到1949年，从漳州到北平，从红军入城仪式到人民解放军阅兵式，意义深远。

漳州战役取得重大胜利。国民党陆军四十九师主力基本被歼灭，俘敌1674人，缴获步枪2331支、机关枪九挺、山炮两门、迫击炮两门、平射炮两门、步枪子弹133200发、炮弹4942发、炸弹242枚、无线电台一部、电话十部，还有一座小型兵工厂。红军进漳当天，闽南红军游击队一支队在参谋长冯翼飞的带领下，搜查了张贞师部，又从一口井里捞出60多挺（支）机关枪、冲锋枪和步枪。

此役，红军还缴获了两架单螺旋桨、双层帆布翼的小型飞机。

1932年4月21日，《红色中华》及时报道了红军攻克漳州的消息：前方二十日无线专电，我红军自占领龙岩后，即追击前进，十九日与敌张贞及陈国辉部，战于天宝、十字岭、榕仔岭、宝林一带，白敌张贞师，大部消灭，小部溃散，俘旅长一名，兵士数千名，军用品无算。我军自占领南靖、天宝后，已于二十日占领漳州，缴获飞机两架并兵工厂全部云。

张贞逃到老家诏安，在四都东峤小学重新设立四十九师临时师部，网罗从漳州溃退下来的残兵败将。张贞惊魂未定，问

第九章　进城逸事

参谋长肖樾："部队战损情况如何？"

肖樾灰头土脸答："师座，部队损失过半，还剩4000人枪。有部分……"

"有部分怎么啦？"张贞问。

"有部分撤下来的部队被驻守饶平的粤军收编了。"

张贞拍着桌子骂："趁火打劫，简直是趁火打劫！好一个陈济棠，共军攻打漳州时他不出手相助，这会儿收编老子的部队他倒出手啦！"

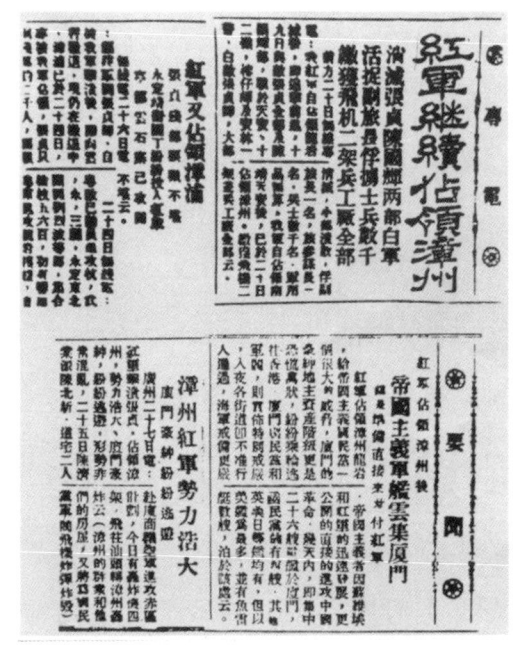

《红色中华》报道红军攻克漳州

肖樾报告："师座，王祖清从同安赶到诏安了。"

杨逢年趁机参上一本："师座，他王祖清还有脸来见你，此次漳州惨败，王祖清负有不可推卸的责任。由于他组织抵抗不力，丢失了十字岭、杨梅岭、风霜岭阵地，让共军轻易突破天宝大山防线。右翼阵地失守后，他又不及时通报战况，造成我派去增援的一个营让共军给'包了饺子'，我的一四五旅陷入共军重围之中。最可恶的是，他临阵逃脱，导致一四六旅全旅都'包饺子'了，天宝圩落入共军手中，陷师座于危险境地。师座，王祖清罪不可赦，一定要军法惩处。"

四十九个昼夜

张贞抓起桌上的茶壶,壶嘴对着嘴巴"咕噜噜"喝了一阵,眯着眼睛,冷冷地说:"哼,我不想在自己家门口杀人,等他回福州,让方声涛收拾他。"

一个月后,王祖清在福州老家,被他在保定军校的老同学、"福建省政府代主席"方声涛派人拘捕,后以"临阵脱逃""贻误戎机"罪名给处决了。

4年以后,1936年4月20日,国民党统治区一本名为《远经》的杂志刊登了笔名为"憾庐"的人写的文章,记叙红军攻占漳州的经过。这位作者自称"亲经其事",文章内容如下。

龙岩距漳州二百四十里,以前曾给红军占过二回,每回自几个月至一年余。龙岩是个军事必争之地,关系很重要,虽然地方不大。第一回红军来攻,是陈国辉——省防军,由土匪收编的——在龙岩横征暴敛而引起人民的痛恨,有人去带领红军来攻的。这一回驻龙岩一带地方的军队,是四十九师的杨旅和独立团,因为兵力分开,而且出其不意地袭击,杨旅和独立团狼狈退走,在适中集合退却的队伍。

…………

四月十日,杨旅放弃适中不守,退到金山龙山。民心更动摇起来了,原因是许多军官搬家到厦门去,张师长的部下有许多外地人,都是为做官而来的。他们很怕死,都叫护兵向汽车公司包大架汽车,一车一车地载去。人民看得清楚,明白是前锋挡不住红军的原因。其实,如果那时死守适中,红军也不一

第九章　进城逸事

定来，适中有许多古时大楼，每乡村聚族而居，全族都在大楼中。这些地方，红军虽然后来从那边经过，却没有法子攻入占领。然而杨旅的士气不振，军心恐慌，简直是和红军赛跑着，不敢驻扎死守。

十一日上午，外间的情形更不对了。听说杨旅又退到山城南靖一带。理由是那些地方在上年曾做了许多防御工事，容易守住。这是傻极的想法，这一二十里的防御工事即使多么巩固，然而红军若到了迫近漳州的地方，路径很多，不会打别条路进攻么？

然而，有消息传出，广东方面来电答应救援，叫这边死守一星期。事后才知道这完全是诓骗张师。因为上年西南反蒋时，派人和张师联络，条件已讲好，而张师又不从它的缘故。所以西南方面讨厌张贞极了，甚至反而撤退永定上杭一带的粤军，使红军得以无侧面的顾虑。张贞派人去广东，没有效果。

张师调来了省防军陈旅的陈团。以陈团及四十九师教导营和一些民军为右路，守华安至浦南一带；四十九师王旅守天宝大山风霜岭一带为中路；杨旅守山城南靖一带为左路。

每天有飞机到前方侦察。但是人民所知道的，那边已经迫近来了。我几天常常奔走，到朋友黄君处打听消息，回来总是尽力慰解家中的人。既然张师决心以一师的兵力死守，应该是可以守得住的。然而民间的恐慌愈甚，晓得红军有攻占漳州的意思。

四十九个昼夜

此后数日间，漳州全城处于极恐慌的状态，搬家到厦门的，虽然当局禁止，但仍然有许多军官眷属不断地搬去。街上的情形完全不同，虽然一样有人行走，但是另有一种空气笼罩着。路上的人，除了拥挤在民兴银行公司门口兑现的以外，都是静悄悄地走着，脸上都有一种不安的神情。

这几天接连下大雨，溪流大涨，对军事很有影响。张师运去前方的地雷没有用。红军已向左路进攻，在永丰桥与黄团接触，每天早晨，红军总是拼命攻打，但这边毫无退却。这大雨和溪流虽然不便于此方，却使彼方不能从永丰桥上下游偷渡，包抄这边的军队。那时如果广东和中央援军能及时赶到，漳州还不至于失陷。

…………

中路是崇山峻岭，这应当是很难攻打的。可是，旅长王祖清虽然是保定出身，一向都是在师部办事，当经理处长，战阵的经验不足，而又不大负责，怕死。所部一团的团长徐某也全无作战经验，专门拍马吹牛，靠着跟张贞同学，在他部下当副官参谋职久了，新近升补为团长。只有其他一团在前线，团长陈某督战。

四月十九日黎明，红军大队向陈团进攻，陈团长战死，徐团于前晚奉王旅命令，须于黎明六时以前到达应援，竟不能及时赶到，红军已越风霜岭而过。徐某本人不知道逃到哪里去了，部下也都散乱。

这天下午，张贞本人是和独立团的第三营在近城十五里的

第九章　进城逸事

地方接战。黄营长带四连人冲锋,死伤了两连人,而红军也不得不退却数里。

然而,左路已陷入包围的形势,不能退回漳州。在十九日下午五六点钟,参谋长由前锋回来,和师长决定退出漳州,左路退浦云诏,师部和独立团的残余,县警卫队,公安局部队,公路局护路队,也由漳州退往漳浦,右路由长泰退回同安。飞机已经飞到厦门去,只剩下两架坏的。

这晚十点多钟,忽然听见枪炮声像爆竹一样,我起来静听。这枪声很清楚地是在城里,连绵不绝。我在后园里听了很久,觉得很奇怪,因为枪声很密,而只在一处。如果是红军乘夜来攻,一定在城外西门和北郊一带,但枪声却是在城里公园那边。在每十廿响之间,常有大炮声一发。这是使人疑莫能解的事情。

……然而,到三四点钟时,枪声渐渐稀疏下去了。

二十日早晨,我醒觉时已经七点多钟。听见路上有许多人声,都是邻人们在街上闲谈。他们说:昨夜的枪声是四十九师司令部自己放火焚烧不及带去的枪械子弹。有许多近城的乡民,于本早到司令部里去捡取许多枪,逃回乡间。而且,大家都在谈红军将于今天进城了。

该文的作者立场是站在红军对立面的,文理也不是很通顺,却从反面佐证了漳州战役的过程。

红军攻占漳州后,又相继占领离厦门不远的石码、海澄,

四十九个昼夜

漳州以北的长泰，以南的漳浦、云霄、平和，消灭残敌。

红军的军事行动，惊动了厦门湾的外国势力。《红色中华》1932年4月22日报道：红军占领漳州、龙岩，给帝国主义国民党一个很大的威胁，厦门的豪绅地主资产阶级更是恐慌万状，纷纷乘轮船逃往香港，厦门国民党和军阀则宣布特别戒严，帝国主义者因苏维埃和红军的迅速发展，更公开地直接地进攻中国革命，几天内，即集中二十六艘军舰于厦门，国民党的有四艘，其他英美日等舰均有，但以美舰为最多，并有鱼雷艇数艘，泊于该处云。

红四军的前哨到达海沧以及海澄以东海边，向厦门方向警戒，晚间，站岗的哨兵都可以看到帝国主义军舰上射出的探照灯光。

红军东路军攻占漳州，国民党朝野震惊。蒋介石紧急召见军政部部长何应钦："敬之，刚收到福建省政府发来的急电，江西共军攻占漳州，逼近厦门。这些年，我命张贞的四十九师讨赤，结果一个甲种师反倒被共军给围剿啦！"

"记得共军东征漳州时，委座曾命粤军总司令陈济棠立即派兵支援，可陈济棠仅令黄质文部自平和方向分两路窥取漳州，进展缓慢。委座命第四集团军总司令李宗仁援闽会剿，李宗仁也以军费不足为由，迟迟未见发兵。这次进攻漳州是共军主力，仅以张贞四十九师一师之力，实难抵挡呀！"何应钦为北伐时的老部下张贞打了个掩护。

第九章　进城逸事

蒋介石忧心忡忡："民国二十九年九月到民国三十一年八月，闽南护法区时期，我曾经五次进漳州，那是闽南富庶之地。共军此次攻占漳州，必将得到给养的补充，而且在政治上扩大影响。倘若共军再攻占厦门，英美友邦利益受损，引起国际争端，麻烦可就大了。我是如鲠在喉，如芒在背啊！"

何应钦似有准备："委座，我建议，原准备进攻闽西赤区的粤军黄质文十五个团，从平和进入闽南，与张贞四十九师遗部、闽省保安一旅陈国辉部配合，夺回漳州。"

"嗯，我看可以。就担心陈济棠的粤军不听调度，行动迟缓呀！"蒋介石沉思片刻，说："据军事委员会作战厅报告，共军主力共有三个军团又四个军，七万余人，现共军一军团、五军团主力进军龙岩、漳州，留在赤区的总兵力只有三军团三万余人。若调重兵进攻赤区，必能迫使共军一军团、五军团回兵救援。我决定，撤销原住赣绥靖公署，改设赣粤闽边区围剿军总司令部。敬之，我决定任命你为总司令，陈济棠为副总司令。"

何应钦站起来说："我立即赶往南昌行营召开军事会议，落实委座部署。"

红军进漳后，漳州城显得很平静。街上除了宣传队、调查敌产的工作队员和有特殊标志的巡逻队外，很少见到军人。漳州百姓发现，红军和国民党的张贞部队完全不一样，对这支身穿灰蓝色军装，头戴红星八角帽的军队感到既新鲜又亲切。而

四十九个昼夜

在九龙岭,一个卖汤圆的老汉见证了红军与张贞两支部队的天壤之别。

位于漳州城南的九龙岭,有一座土地公庙,庙的旁边,有一个老汉在卖汤圆。这天中午时分,来了两个军人,一个年纪稍大一些,腰间皮带佩有一把手枪,像是当官的,一个年纪轻一些,背着长枪,是个当兵的。

两人走到汤圆摊跟前,当兵的客气地对老汉说:"老大爷,给我们一人盛一碗汤圆好吗?"

老汉战战兢兢,给两人各盛了一碗汤圆。

吃完汤圆,当兵的问道:"老大爷,这汤圆一碗多少钱?"

老汉有些惊慌失措:"长……长官,不……不要钱。"

军官见状,笑着说:"老人家,不要叫我们长官,我们是红军,红军是讲纪律的,哪有买东西不交钱的道理,这钱你一定得收。"

年轻战士说:"老大爷,这是我们首长。快把钱收下吧,我们还得赶路呢!"

老汉见来人说话和善,松了一口气,收下钱,喃喃自语着:"不一样,不一样啊!"

"老大爷,什么不一样?"战士问道。

老汉说:"几天前,来了几个带枪的人,有当官的,也有当兵的,穿的衣服,戴的帽子和你们不一样。听他们说话,好像是张贞的部队,是从天宝大山打了败仗跑出来的。他们吃了汤圆以后,我向他们要钱,一个当官的用枪指着我说,老子的

第九章　进城逸事

命都快丢了,你还敢向我要钱。几个当兵的一哄而上,把我整锅汤圆掀翻在地。简直是一帮土匪兵,和你们比,简直是天差地别啊!"

红军战士安慰道:"老大爷,你现在不用害怕了,红军是咱穷人自己的队伍,是专打欺负老百姓的地主恶霸和像张贞这样为非作歹的军队的。"

老汉开心地笑道:"这下我可以放心卖汤圆啰。"

红军首长走到庙门口,看到石柱上镌刻着一副对联:

九龙岭下日日冬至　六鳌海上夜夜元宵

"'九龙'对'六鳌','岭下'对'海上','日日'对'夜夜','冬至'对'元宵',这副联对得很工整呀!"红军首长赞道。

老汉说:"看来这位长官……噢首长,是个文化人呐,这副对联可有来历呢!"

"什么来历,能说给我听听吗?"红军首长感兴趣地问。

老汉讲述了一段九龙岭的传说。相传清代乾隆年间,福建漳浦人蔡新在朝为官,先为文华殿大学士,后当了宰相,做了太师。有一次,皇上令蔡新到广东出巡,他顺路回家省亲,路过九龙岭时,看到一位老者在卖汤圆,顿时来了乡愁,想尝尝儿时冬至吃汤圆的滋味。于是买了一碗汤圆,正要品尝,老者说:"这位大人,我出个上联,你如能答出下联,这碗汤圆算我请你了。"

饱读诗书的蔡新说:"好呀,你出吧,我对对看。"

四十九个昼夜

老者捋了捋胡子，说："九龙岭下日日冬至"。

蔡新怔住了，一时不知如何对答才好。回到漳浦，蔡新一直为没能答出下联而郁闷。一天，他来到夫人的家乡六鳌，傍晚，他徘徊在海滩，还在想着对联的事，忽然，他看到海面渔火点点，宛若元宵节的花灯。那是渔船上诱捕鱼儿的灯光。蔡新顿时来了灵感，脱口吟出："六鳌海上夜夜元宵。"

第二天一早，蔡新就赶往九龙岭，可卖汤圆的老者已不知去向。后来，民间传说那位老者是土地公的化身，于是在重修土地庙时，就把这副对联给刻上去了。

红军首长风趣地问："那位老者真是土地公的化身吗？"老汉乐道："其实，那位卖汤圆的老者就是我的先祖呀！"

红军首长对身边的战士说："这个故事挺有意思，它给了我们启示，也就是毛主席说的，没有调查研究就没有发言权。你看，那个蔡新如果没有到六鳌海滩，没有看到海上渔火，就不可能对出如此工整准确的下联呀！"

临别，红军首长握着老汉的手说："老人家，你做的汤圆真好吃，下回路过这里，还来买你的汤圆，听你讲故事。"

望着红军首长和战士渐渐远去的背影，老汉感叹道："难怪红军打胜仗，张贞要吃败仗。我老汉年纪太大了，要不就跟着红军做汤圆去。"

这时，老汉才想起，那位红军战士留下一枚银元，他忘记给找零钱了。

第九章　进城逸事

漳州城西北角有一座长满竹子的小山，此山为天宝山之余脉。它的原名叫登高山，明朝洪武十三年，在山上发现紫色的灵芝，知府徐恭以为祥瑞征兆，上表朝廷，后得赐名"紫芝山"，俗称芝山。山上建有三座古亭，威镇亭、仰止亭和甘露亭。这座会长紫灵芝的小山，不仅见证了漳州城的历史，更因红军进漳而闻名。

红军进漳后，东路军指挥机关就设在芝山南麓。司令部人多，住在福建省立龙溪中学的教学楼——"干之楼"，即现在的漳州一中新华楼。罗荣桓及东路军政治部人员则驻扎在寻源中学教会牧师宿舍楼。

毛泽东住在居中的一幢两层小洋楼。这座小洋楼有一个鲜明的特征，是由红色砖块砌成的。小楼建于1924年，一年之后，成为美国基督教会创办的"寻源中学"校长楼。"寻源"，意为"寻真理之奥，启智慧之源"。然而，这个美国人做梦也没有想到，七年之后，这座小红楼会和中国的一个重大历史事件联系起来，并邂逅一位追寻真理、引领中国走向光明的重要人物——时任中华苏维埃共和国临时政府主席的毛泽东。

红军战士大多是初次进城，碰到许多新鲜事儿，闹了不少笑话，有的误把肉松当作烟丝，有的对着电灯泡点喇叭烟，有的把水仙花当作洋葱，有的对缴获的罐头不知道怎么打开吃，有的甚至拆开留声机"找小人"。

然而，对毛泽东的警卫员吴吉清、彭吉林来说，印象最深

四十九个昼夜

芝山红楼

的则是第一次用上自来水，第一次开电灯，还有，抓到了一只"帝国主义的鸡"。

刚到驻地，毛泽东顾不上休息，就立刻到东路军司令部"干之楼"召开会议，研究下一段行动方案。吴吉清和警卫班的战士利用这个时间忙着为毛泽东住的房间收拾床铺，挂好地图，放好办公用具，并把从国民党的机关、邮政局、报馆收集来的两麻袋文件、报纸、资料摆得整整齐齐，便于毛泽东翻阅。

一会儿，毛泽东从东路军司令部回来。毛泽东走得很热，刚上楼就对吴吉清说："吴吉清，去打盆水，我洗个脸。"

第九章　进城逸事

吴吉清应声："好的。"拿起脸盆就往下跑,可是找遍院子的所有角落,也没找到一口井。吴吉清急得团团转,正巧碰上炊事员挑着一担水走过来,才打了一盆水。

毛泽东问道："吴吉清,你怎么走了这么久呀?"

吴吉清说："主席,洋鬼子就是坏,房子修得这么阔气,怎么连井也不打一口。"

毛泽东听了觉得很奇怪："这楼里没有自来水吗?"

吴吉清从来没有听过自来水,问："主席,什么是自来水呀?"

毛泽东笑着说："来,我们一起找一找。"

毛泽东领着吴吉清从一个房间里找到一截从墙上伸出来的铁管,说："这就是自来水,这个水龙头,这样一拧它,水就流出来了。刚才怪我没告诉你,让你跑了半天。"

毛泽东擦脸去了,警卫班的战士们看着水龙头出神。吴吉清大着胆子拧了一下,果然水马上就哗哗地流出来了。战士们高兴得直拍手,直说："这家伙倒挺方便。"

可是不一会儿,问题又来了,水不住地往外流,眼看着从小池子里溢到了地板上,吴吉清便急忙用手去堵,结果不但没有堵住,反而搞了一身水。吴吉清只好又去问毛泽东："主席,这水堵都堵不住,该怎么办呢?"

毛泽东一边洗着脸,一边说："你把水龙头拧住,不就行了!"

吴吉清这回不敢轻举妄动了,忙说："不知怎么个拧法。"

四十九个昼夜

毛泽东擦干脸，跟着吴吉清又来到装有水龙头的房间。可是，当毛泽东拧住水龙头以后，溢出的水已经流到楼下去了。

看着这个情景，警卫班战士都不好意思地笑了。

一会儿，新奇的事又来了。彭吉林去倒垃圾回来，不知从哪里捉回来一只"洋公鸡"。大家一见，立刻就被吸引住了。

这只鸡长得真特别，不仅个头大，而且浑身雪白，没有一根杂毛。它那红冠子，不让人动一下，你一动，它就要扇翅膀，咕咕地叫个不停。吴吉清抱过来掂了掂分量，好家伙，足有六七斤重，正好改善一下生活。

正当大家围在楼前说说笑笑凑热闹的时候，毛泽东来到战士们身边，说："同志们，进了城，就忘了纪律啦！谁捉来的？"

吴吉清笑着说："主席，是小彭捉来看稀罕的。"

毛泽东不大相信，问彭吉林："你捉鸡就是为了让大家看稀罕的吗？"

彭吉林点点头，"嗯"了一声。

毛泽东说："那就放了它吧，大家也看够了！"

一听说让放鸡，彭吉林急了，眨巴眼睛调皮地说："主席，放了多可惜呀！帝国主义的鸡我们不吃，还吃谁的呢？"这句话把大家都逗笑了。

毛泽东也禁不住笑了，说："小鬼，你把问题混为一谈了。"

毛泽东看着大家，耐心地教导道："我们应该把帝国主义

第九章　进城逸事

侵略者和一般的外国侨民区别开来。刚才小彭捉来的这只鸡，说不定正是外国侨民的，所以一定要把它放了。"

"哎！"彭吉林听了毛泽东的话，赶紧把鸡送回去了。

不久，太阳落山了。吴吉清见毛泽东的房间里有个"小太阳"，照得满窗通明。可警卫班战士的屋子里却黑乎乎的，就跑过去问道："你们为什么不点灯？"

有人回答："没有油！"原来，警卫班战士只顾忙着收拾床铺，还没有发现头顶上垂下来的电灯。

电灯找到了，可大家不知道怎样才能"点亮"它。对于电灯，吴吉清有些了解，红军电台就有这玩意儿，只是没有亲手动过。彭吉林想去问主席，又想到主席面前有那么一堆公文、报纸、资料要看，不便打扰，决定还是自己动脑筋想办法吧。恰好这时彭吉林划着了一根火柴，吴吉清一看，灯口上也有一个钮子，想来和水龙头的开关是一个道理，就大着胆子去拧，这一拧，满屋子唰的一下全照亮了。警卫班战士第一次住在有电灯的房间，因而特别兴奋，你一言我一语地议论开来。一位战士打包票："这会儿就是地上丢根绣花针，也保险能找得见。"

红军战士听说缴获敌人两架飞机，都想去看看。为了满足大家的心愿，东路军司令部决定，组织在漳州城内的机关、部队去参观一次，还特地请了照相馆的师傅带上照相机到机场，为前往参观的指战员照相。

四十九个昼夜

两架英制阿弗罗616"飞鸟"式教练机就停在九龙江南岸一个小机场的机棚内,这是英阿弗罗公司20世纪20年代设计制造的,为单螺旋桨、双翼双座木质结构,用钢管作为机身骨架,与德哈维兰公司制造的"蛾"式教练机齐名。

红军战士见敌人平时在空中侦察的飞机,这会儿成了红军的"俘虏",老老实实趴在跟前,既开心又好奇,这个摸摸螺旋桨,那个摸摸机身和机翼。有的战士还爬到狭窄的座舱里,瞧瞧里面的仪表、罗盘、操作杆,就是弄不明白,这玩意儿到底怎么飞。

红十一师政委刘亚楼也赶来参观。刘亚楼站在飞机跟前,感慨地说:"什么时候我们的部队也有自己的空军就好啦!"

此时的刘亚楼当然没有想到,1949年10月,他出任新中国第一任空军司令,受命组建中国人民解放军空军。

吴吉清回忆道:"到红军进漳后的第三天,毛主席带着我们去看了这架双翅膀、机翼是帆布的飞机。当时因飞机的螺旋桨缺少一个螺丝不能飞,后来听说到厦门买回零件配上了。"

东路军总部聂荣臻一行在罗瑞卿的陪同下,来到桥南停机棚。聂荣臻问罗瑞卿:"这飞机还能飞吗?"

罗瑞卿报告:"这两架飞机,其中一架曾经飞到龙岩侦察,被我军击坏,勉强开回漳州,现在已不能用了。一架还能飞,但驾驶员怕被我军俘虏,跑掉了。"

聂荣臻说:"得想办法把这架飞机开回瑞金去。回司令部后即发电报向苏区中央局和中革军委报告,请他们电告上海临

第九章 进城逸事

红军战士参观漳州战役缴获的飞机

时中央,设法派一个飞机驾驶员来漳州。"

几天以后,苏区中央局回电,上海临时中央已经找到一个会驾驶飞机的朝鲜同志,即经厦门到漳州。很快,那个朝鲜同志就到了,东路军总部特地指定专人接待,带他到机场检查、试飞。

漳龙汽车公司老工人陈文川生前讲述了他当年为红军修理飞机的经历。

红军进入城内,听说其司令部设在龙中"干之楼"。过一两天,司令部派一位刘平科长来到漳龙汽车公司找工人。他和工人在一起,嘘寒问暖,关心工友生活,说话和蔼,像兄弟一

四十九个昼夜

般亲。他发动工人支前，运送军需物资，工友都争先恐后报了名，第一批有20部车辆参加，很幸运，我也参加第一批运送红军物资去水潮、龙岩。那时候，漳龙公路崎岖不平，山高岭陡，驾驶汽车好困难。但是，给红军运送军事物资，困难再大也克服了，我和十多个驾驶员都日夜兼程地跑，辛苦疲累都不在乎。

支前回到漳州，刘平科长又到汽车公司来，说要找几位技术较高的技工去修理飞机。原来是红军攻打漳州后，在桥南机场截获了张贞的两架飞机，而飞机出了故障，不能飞动，没办法缴往老苏区去，所以刘科长专门跑来跟工人商量修理的事。一开始，师傅洪其财有点犹豫，认为修理汽车行，怕修理飞机不行，不敢答应，刘科长在工友中耐心做工作，要我们"试试看"，说"动脑筋准能修好"。于是，我和洪其财等几位工友自告奋勇，答应去试试看。我们几个人跟刘科长来到机场，看见躺着两架双帆布翅螺旋桨式小飞机。经过仔细检查，大家认为飞机的机、部件没有坏，只是电门关不死，没有电就不能发动起飞。我们遂拿汽车发电机来充电，灌足电源。第二天作试飞，虽然飞机能够启动飞行，但飞不到50公尺高度，推进器就脱落下来，飞机掉在九龙江畔的沙滩上，幸好没有伤着驾驶员，也没有摔坏机身。我们再作严密检查，发现推进器少了一颗2.5寸36码的螺丝钉。大毛病找到了，大家好开心，我们立即开一部汽车去石码中兴机器厂，找师傅赶制一颗螺丝钉。那个老师傅（姓名忘了）听说红军要修飞机，随即按尺寸要求

第九章　进城逸事

精心制作，车制了一颗符合规格的螺丝钉。我们即刻取回，赶到机场立即安装，再度试飞，这回推进器装牢，试飞十分顺利。当时，听说有几位红军首长来机场看试飞，我感到十分喜悦。

得知飞机试飞成功的消息，东路军司令部再次发电报给苏区中央局和中革军委，报告飞机拟飞回瑞金，请在瑞金赶修一个临时机场。中革军委立即组织军民在瑞金的河滩上赶修了一条简易的飞机跑道。

让红军指战员最感新鲜的是在漳州看了一场无声电影。红军进城后，红一军团政治部组织团以上干部到光明电影院看了一次《唐伯虎点秋香》，电影没有声音，用字幕说明。三十三团政委刘忠看后很高兴，回来就向连干部吹了一顿。刘忠讲得绘声绘色，连干部一听坐不住了，纷纷要求："刘政委，我们也要看，你帮我们向师里反映一下吧！"

刘忠乐了："嗯，看在你们打仗勇敢的份上，我就向师里反映一下，争取给你们也放一场。"

刘忠把大家的要求报告给了师政治部。很快，军政治部宣传部决定给十一师放一场露天电影，让全师的指战员看。大家打仗这么辛苦，有条件看一场电影也是应该的。这回演的是《火烧红莲寺》，放映地点就在芝山教会学校的草坪上。当晚，刘忠因有事没有参加，三十三团的指战员由值星员带队。

四十九个昼夜

正当战士们兴致勃勃等着看电影的时候,军政宣传部的干部告诉大家,宣传队先演几个节目,然后才放电影。战士们不乐意了,值星员提出,如不马上放电影,就要把部队带回去。军政宣传部的干部没有办法,只好不演节目,立即放电影。

放映员来自漳州光明电影院,是个高中毕业生,会讲普通话,因为是"默片",他拿着话筒,根据影片里的情节即兴发挥,红军官兵看得津津有味,不时发出阵阵笑声。有的战士还偷偷跑到银幕后面,想看看电影里的"人"是怎么出来的。

第二天,罗瑞卿政委把刘忠找去,狠狠地批评了他一顿:"你三十三团骄傲什么?打了胜仗就了不起啦,有什么可骄傲,你要好好地整顿你们部队的纪律,要纠正这种骄傲现象。"

刘忠只得老老实实地接受罗政委的批评。回到团部,他把连干部集中起来,一脸严肃,照着罗瑞卿政委的话说:"你们骄傲什么?打了胜仗就了不起啦,有什么可骄傲,要好好地整顿连队的纪律,要纠正这种骄傲现象……"

第十章　红楼灯光

第二步行动计划。邓子恢、蔡协民化装进城。创造小红军，建立小苏区。曾志历险。龙溪中学图书馆，毛泽东发现了《反杜林论》《社会民主党在民主革命中的两种策略》《共产主义运动中的"左派"幼稚病》中文译本。

芝山红楼，毛泽东办公桌案头，摆放着刚整理出来、准备报苏区中央局的上海、香港、汕头报刊新闻摘要。

日向北满增兵，苏联已增兵备战，形势正紧。

日苏不致开战，日美将先打响。

苏联红星报亦谓日美战争不可避免，但法国及美国保守党极力挑拨日俄战争。

红军入漳，沿海大震，漳、泉逃厦者，十余万人，言传红军欲攻福州。港报则称：红军欲入潮汕，帝国主义兵舰集厦门者二十八艘。

张贞尚余四千余人，枪半数。

毛泽东正仔细阅读着新收集到的报纸，吴吉清进来报告：

四十九个昼夜

毛泽东在芝山红楼的卧室、办公室

"主席,罗明书记来了。"

毛泽东放下手中的报纸,说:"快请他上楼。"

话音未落,罗明已经自己走上楼来,见了毛泽东,罗明说:"主席,一接到你的通知,我就从长汀赶过来了。"

毛泽东握着罗明的手,高兴地说:"罗明同志,你来得正好呀!"

罗明说:"有什么任务,主席尽管说。"

"来,坐下谈。"毛泽东点了根烟,说:"红军攻克漳州后,蒋介石必定会催促陈济棠的粤军出兵漳州,但陈蒋貌合神离,我判断粤军短时间内到不了漳州。我们要利用这段时间,抓紧做该做的事情。一是开展抗日宣传,让闽南的民众了解中国共产党的抗日主张,揭露蒋介石'攘外必先安内'、'围剿'红军、苏区根据地的反动政策,扩大红军的政治影响。二是筹

第十章 红楼灯光

措资金和物资,解决红军和中央苏区经济上的困难。三是扩红,发动青年踊跃报名参加红军,壮大红军。还有一个重要任务,就是帮助地方党组织,巩固和发展农村革命根据地,创造小红军,建立小苏区。你是福建省委代理书记,又熟悉漳州情况,通知你到漳州,就是让你帮助东路军政治部建立与漳州地下党组织的联系,协同红军在漳州各地开展群众工作。"

罗明说:"主席,蔡协民同志前些天已到漳州,他和邓子恢都在南乡呢!我抓紧和他们取得联系。"

毛泽东说:"为了便于联系,你就住在这楼下吧!"

红军进漳当天,邓子恢就和蔡协民化装进城。两人来到原国民党四十九师司令部,没有见到一个红军。走在街上,没有见到一张标语,只见一些老百姓在捡国民党军队撤退时丢下的东西。

邓子恢问几个路过的人:"看到红军了吗?"

路人都回答:"什么红军?无。"

邓子恢和蔡协民走到芝山外国人办的教会学校附近,才碰到红军队伍。一打听,毛主席已经住下了,东路军司令部也在这里。

两人找到"干之楼",在聂荣臻、罗荣桓引领下,来到了毛泽东的红楼。

毛泽东见到邓子恢、蔡协民,高兴地说:"见到你们两位,我就想起在上杭苏家坡的日子呀!"

邓子恢报告:"主席,前段时间,蔡协民同志作为厦门中

四十九个昼夜

邓子恢

心市委巡视员到惠安北部开展农民运动。红军进漳前，中共厦门中心市委特地抽调他到漳州加强党的工作。"

毛泽东说："来，坐下说，你们两位谈谈这段时间漳州党的工作和根据地建设情况。"

蔡协民说："我刚从惠北调来，漳州的情况还不太熟悉，请邓子恢同志汇报吧！"

邓子恢汇报道："去年底，我调到漳州，接替陶铸同志中共闽南特委书记工作，重点是加强群众工作和根据地建设，在红一支队中建立党的地方工作委员会，进一步健全党团组织，从政治上保证党的路线方针能够贯彻执行。随后，红一支队兵分三路，分别到山前、小山城一带，海澄、石码、南乡一带，北乡、西乡及南靖一带，了解群众迫切要求，发动群众斗争。今年春节前夕，张贞巧立名目，强行向闽南各县民众摊派'飞机捐'，单小山城100多户人家就派600块银元，农民苦不堪言，对张贞军阀深恶痛绝。漳州县委、游击队因势利导，发动山城农民进行抗捐抗税斗争。小山城地处漳浦、平和、南靖三县交界处，这场斗争的烽火延烧到附近十几个村。张贞多次派部队进攻，都被我游击队击退。现在，边区斗争已由经济斗争到政治斗争、抗捐限制米价到

第十章　红楼灯光

分谷分田、烧契约，实行土地革命。初步建立起以小山城、龙岭、龙溪圩为中心，纵横百余里，拥有30多个乡村的靖和浦革命根据地。"

听了邓子恢的汇报，毛泽东说："闽南党组织的工作很有成效，游击队发动农民抗捐抗税斗争，建立根据地做得很好。这次红军入漳，是为了牵制粤军对中央苏区的进犯，以便集中力量打击从北路进攻的敌人。另外，也是为了恢复闽西苏区，发展闽南革命局面。我要特别说明，红军只在漳州住个把月，你们要有工作上和思想上的准备。当前革命的重点仍然在农村，闽南的党组织和游击队要抓紧有利时机，组织和发动群众，巩固和发展以小山城、龙岭、龙溪圩为中心的农村革命根据地，向漳浦、南靖、平和、龙溪、云霄五县扩大游击战争，创造小红军，建立小苏区。"

邓子恢眼睛一亮："创造小红军，建立小苏区。主席，我明白了。过几天，我就和王海萍同志到漳浦，配合红军做好抗日宣传、筹款和扩红工作，推动根据地建设。"

毛泽东叮嘱道："趁着红军进漳的有利时机，抓紧开展工作，后面还有新的任务等着你呢！"

邓子恢问："主席，是什么任务？"

毛泽东说："随红军返回中央苏区，到瑞金担任中央苏维埃政府财政部部长。"

连日来，毛泽东又在红楼先后会见了中共福州市委书记陶铸、中共厦门中心市委书记王海萍、闽南游击队一支队支队长

四十九个昼夜

王占春等人。

见到王占春，毛泽东亲切地问他："你属什么？"

王占春答："主席，我是属蛇的。"

毛泽东高兴地说："我也是属蛇的，我们俩是同一个属相。"

毛泽东这样切入话题，让王占春紧张的心情顿时放松许多。中华苏维埃共和国临时中央政府主席和闽南红军游击队支队长促膝长谈，红楼里不时传出爽朗的笑声。

1932年4月21日，红军进漳第二天，毛泽东在芝山红楼二楼阳台上召开师长、政委以上干部会议。会议总结了漳州战役胜利的原因：首先是我军行动迅速，大部队在丘陵地运动，两天赶路150多公里，使敌人来不及组织充分的防御；第二是战役决心正确，部署周密，尤其是选择了正确的主攻方向；第三是我广大红军指战员英勇善战，在龙岩战斗胜利的鼓舞下，士气更加高昂。漳州战役我军也有弱点，以一万五六千人对敌八九千人，并不占绝对优势，兵力不够分配，所以只能在漳州西北一线正面进攻，没能派出一支部队迂回漳州以南，断敌退路，致使残敌4000多人（大多是靖卫团）得以漏网。

会议讨论下一步的行动：收集战利品；搜查反革命分子，重点搜查反动党政机关、旅馆、地主豪绅住宅；向群众宣传，分发谷物给群众，扩大红军的政治影响；向地主豪绅筹款；军事上准备随时打击从广东入闽的敌人。会上还重申红军入城纪律：不许打破东西，不许拿非公用物品。

第十章 红楼灯光

毛泽东特别强调:"红军进漳后,要特别注意遵守工商政策,商店照常营业,对敌产我们没收,仍打土豪,可是对一般工商业,我们只是通过商会向他们筹款。对陈嘉庚先生在漳州的企业也不能没收,只能采取捐助的办法。"

4月22日下午,毛泽东又亲自为红三军、红四军连以上的干部作《关于目前政治形势与第二次行动问题》的报告。三十三团政委刘忠回忆了当时的情况:记得毛主席讲到这次闽南的行动时,很风趣地说,有人说我们只会关起门来打狗,怀疑我们在白区能不能打胜仗,可是你们看,我们在白区不是打得蛮好嘛!我们从江西跑来几百里,一下子打到这里,消灭国民党的许多军队。张贞做梦也没有想到,红军简直是成了天兵天将(大家齐笑)。毛主席说,集中消灭敌人,分散发动群众,这是我们的老规矩。从现在起,我们全军就要分散出去发动群众,组织群众开展工作,广泛地宣传,扩大我党我军的政治影响,进行打土豪,没收土豪地主财产,分给劳动工农群众,以开辟新的苏区,这是我东征军的重要任务之一。

当天,毛泽东致电周恩来,报告漳州战役的胜利及下一步

刘 忠

的工作方针。电文如下。

恩来：

1. 南靖一战，张贞部队大部消灭，达到剪除粤敌一翼之目的。这不但对巩固闽西、发展闽南游击战争、援助东江红军有帮助，且因漳州海口之占领，影响时局甚大，有调动粤军求得战争之可能。因此争取对粤军的胜利，成为今后中心任务。

2. 粤敌有从永定、平和或诏安入闽之可能。我东路军当于最短时期向北杭、武、岩、永四个全县发展闽南游击战争，筹足百万以上经费，准备消灭入闽之敌，以期迅速入赣北上。

3. 闽南剥削奇重，工农小商深恨地主军阀到绝，红军入漳，市民拥看若狂。

4. 已与邓子恢见面，据云：南靖、平和、云霄、漳浦、龙溪五县之龙溪圩，距漳州八十里，有一红色游击区，群众约四万，漳州南乡有一个六十人的红色游击队。现决以龙溪圩为中心，向南、平、云、浦、龙五县扩大游击战争，创造小红军，建立小苏区。其他白区工作纲领是：（1）公开宣传。（2）秘密组织。（3）散发谷物而不建立政权，不分土地。漳州是否建立临时政权机关，以资号召，待数日后看群众斗争情形及环境需要而定。反日宣言速颁示。

泽东

二十二日

红军进漳不久，一个女学生模样的人从厦门赶往漳州，她正是曾志。

第十章　红楼灯光

曾志，原名昭学，出生在湖南省宜章县。1924年秋，考入衡阳省立第三女子学校，在校积极参加反对旧礼教、反对男女不平等、反对官僚军阀活动。1926年8月，考入衡阳农民运动讲习所，报名时改名"曾志"。同学问："为什么要改名？"她回答："我就是要为我们女性争志气！"

同年10月，曾志加入中国共产党。本来可以过上安逸生活的曾志坚决反抗家庭为自己包办的婚姻，毅然退回已当上"省议员"的未婚夫的聘礼，义无反顾地走上随时可能牺牲自己生命的革命道路。1927年春，曾志从讲习所毕业，担任中共衡阳地委组织部干事，与夏明翰的弟弟、中共衡阳地委组织部部长夏明震结婚。1928年1月，曾志参加湘南起义。同年3月，夏明震牺牲。曾志调任中国工农革命军第七师党委办公室秘书，而后与党代表蔡协民结婚，并一起上了井冈山，在红四军工作，参加了著名的黄洋界保卫战。

红四军在朱德、毛泽东、陈毅等领导下，于1929年1月起向赣南、闽西进军，开创了赣南、闽西革命根据地。在当时特定的历史条件下，极端民主化、重军事轻政治、流寇思想和军阀主义等非无产阶级思想在红四军内滋长，毛泽东曾力图

曾　志

四十九个昼夜

纠正这些错误的思想倾向，但毛泽东的正确主张没有能够为红四军领导层多数人接受，毛泽东也一度受到排斥，离开前委领导岗位，到闽西特委所在地上杭指导地方工作。与毛泽东持同一观点的谭震林、江华、蔡协民、曾志、贺子珍也同样受到排斥，离开红四军相继前往上杭。在毛泽东的建议下，蔡协民任闽西特委组织部部长，曾志被任命为闽西团特委书记。

1929年冬，为了加强城市白区工作，蔡协民和曾志奉命调到厦门中共福建省委机关工作，蔡协民先后在厦门、福州、泉州等地开展白区斗争，曾志则更多时间待在白色恐怖笼罩下的厦门做地下工作。

中央红军攻占漳州后，为了开辟闽南新苏区，中共厦门中心市委决定将市委机关迁往漳州。受王海萍指派，担任中共厦门市委秘书长的曾志前往漳州打前站，与红四军取得联系，这是一趟充满危险的行程。

从厦门到漳州必须先走水路，由厦门码头乘船到鼓浪屿对面的嵩屿岛，然后从嵩屿到海澄白水营，再经石码到漳州。曾志沿着这条线来到白水营，找到设在当地一所小学的地下交通站，从交通员那里得知，这条交通线已走不通，有许多土匪盘踞在白水营，拦路抢劫，抓人杀人。国民党部队也在那里设了关卡，阻止行人进入漳州。曾志只好返回厦门。

曾志孑身一人徘徊在厦门码头，她告诉自己，不能再回市委机关，无论如何，得寻找机会，到漳州找自己的队伍，完成组织交给的任务。

第十章　红楼灯光

可是，自红军攻占漳州后，厦门守敌十分紧张，不仅封锁了陆路，而且封锁了水路，江面上停泊了好几艘军舰，所有船只，无论是客船还是货船一律不准去石码，就连往日码头上随处可见的揽客小筏子也不见了。

正当一筹莫展的时候，曾志发现一艘石码来的装粪船。曾志心想，机会来了！她走上前，问船老大："大叔，这船还回去吗？"船老大说："船马上就走。"曾志喜出望外，请求道："大叔，我能乘你的船到石码吗？"船老大见曾志身着蓝布衣服、黑色裙子，脚穿一双布鞋，一副学生打扮，就爽快答应了。

这船除了满满一舱粪便之外，能坐人的地方也就是船头和船尾了。船老大在船尾掌舵，他的妻子在前面划桨。曾志就坐在船头上，身后的粪水随着船直晃荡，在阳光下蒸发出令人窒息的恶臭。但这时对曾志来说，只要能到漳州，再脏再臭也都无所谓了。

船经过关卡时，岸上的士兵一看是装粪船，也就懒得搭理，曾志那天的那身打扮同样也没引起敌人的怀疑。就这样顺利地到达了石码。

碰巧，当天上午10点之前，石码还是敌人占领的，10点钟，红军的先头部队就开进石码。紧接着，红四军军部以及第十师、第十一师也进驻石码。下午曾志到石码时，看到红军队伍还在陆续开进，经一路打听，终于在大港乾找到司令部所在地，那是一座基督教礼拜堂。

四十九个昼夜

站岗的士兵把曾志拦下盘查,曾志告诉他们:"我是厦门来的,要见你们的首长。"

这时,二楼上探出了一个脑袋,问道:"哪里来的,找谁?"

曾志一抬头,便认出了这是原红四军里的一个师长,就喊道:"你是王良师长吗?"

王良一时没认出眼前学生模样的曾志。待曾志报了姓名后,他惊讶地说:"啊呀!曾志你怎么变成这般模样?在红军部队时,你把头发剪得短短的,一身男人打扮。现在留长了头发,穿起了裙子,我都认不出来了。快进屋,上楼坐。"

经过交谈,曾志才知道,王良现在已经是红四军的军长了。了解曾志此行的来意后,王良军长派人把她送到红四军政治部。

在政治部驻地,曾志见到了红四军政委兼政治部主任罗瑞卿,罗瑞卿派了一部刚缴获的大卡车专程送曾志到漳州。

石码距漳州40多里地,一个小时后,曾志就到了设在漳州城西芝山南麓的省立龙溪中学"干之楼"的东路军总指挥部。

当曾志得知毛泽东此时以中华苏维埃共和国临时中央政府主席和中革军委委员的身份,亲自指挥由红一、五军团组成的东路军东征福建,攻克漳州,现在也住在漳州,格外高兴,当即要求总部派人带她去见毛泽东。

当曾志突然出现在毛泽东的办公室时,意外地发现蔡协民也在那里。毛泽东见到曾志同样觉得意外,笑着说:"曾志,

第十章 红楼灯光

你来得正巧,蔡协民正好在我这里。"

曾志报告:"主席,为了开辟闽南新苏区,中共厦门中心市委决定将市委机关迁往漳州。我是来打前站的。"

毛泽东沉思了一会儿,说:"我们的部队在漳州到底能待多久现在还很难说,市委要迁过来,就过来吧,来了再说。这样,你和协民就住在楼上大间的卧室,我住到旁边的房间,罗明就住在楼下。咱们这小楼热闹起来啰。"

就这样,曾志和蔡协民住进毛泽东让出来的比较宽敞的卧室。

这天晚上,曾志辗转难眠。几年的白区地下工作,像过电影一样在脑海中浮现。

在厦门,她扮作西药店老板的太太,负责与部分地下党员保持单线联系,曾经多次遭遇险情,死里逃生。

刚到厦门时,她发现楼下竟然住着国民党公安局的侦探长,还好及时转移,脱离了险境;在虎巷8号,她遇到原来房东的儿媳妇,暴露了身份,差一点被巡警抓捕;与蔡协民转战福州时,在旅馆被国民党警察特务带走,连夜审讯,由于曾志机智应对,才得以脱身;在福州仓山,曾志孤身一人生病,住隔壁的日本人"热心"过来"跳大神驱鬼",险象环生。这些,她都挺过来了。最让曾志纠心的是,在艰苦的斗争环境中,她失去了爱子。为了给中共厦门中心市委筹措经费,她忍痛把出生不久的孩子铁牛"送人"。孩子送走前,曾志和蔡协

四十九个昼夜

民抱着小铁牛来到中山公园，曾志把小铁牛放在草地上，发呆地看着他，使劲地记住他的模样。然后又一起去照相馆照了张全家福。照完相，曾志给小铁牛喂完最后一次奶，才依依不舍地让人把孩子抱走。收养小铁牛的是一位医生，当时，正当天花、麻疹流行季节，医生家来了许多医治的病孩，小铁牛也给染上了。尽管医生家人使出浑身解数，最终还是挽救不了小铁牛幼小的生命。小铁牛的死，是曾志心中永远的痛。

这回，从厦门来到漳州，见到了老部队红四军，见到了毛泽东，曾志百感交集。她有一个强烈的愿望，回到日夜向往的红军队伍，回到热火朝天的苏区。她相信，毛泽东是能够"说得上话"的。

几天以后，王海萍交给曾志一个任务，起草一份《告漳州同胞书》，曾志写好后请毛泽东帮助修改，趁着这个机会，她向毛泽东提出要求："主席，我想离开白区，回到部队。"

没想到，毛泽东对曾志提出的要求并不感到意外："你的情况我听说了，我理解你的想法。不过，这事还得征求一下中共厦门中心市委书记王海萍的意见。"

曾志找到王海萍，谈了自己的想法，王海萍明确表示，同意她回部队工作。曾志脸上露出了笑容。

根据毛泽东的指示，1932年4月24日，东路军政治部在中山公园仰文楼召开漳州工农商学代表会，罗荣桓、邓子恢到会讲话，会议宣布成立闽南工农革命委员会，推选王占春为主

第十章　红楼灯光

席。当天，闽南工农革命委员会发出第一号公告。

工农自己英勇的红军，已经将闽南工农的敌人——帝国主义、国民党军阀、豪绅地主、资产阶级的恶势力——消灭和驱逐出去了。此后的闽南，是工农自己的闽南了，闽南的工农，有完全的自由，起来实现中国共产党的主张和中华苏维埃政府的政纲，解放工农自己的痛苦和压迫，肃清一切压迫工农的残余反动势力，同时彻底地驱逐帝国主义的势力出闽南去。

闽南工农革命委员会是从闽南广大的工农劳苦群众热烈庆祝伟大红军胜利的大会中产生出来的，它是目前闽南工农劳苦群众的临时政权机关，它的任务是发动和扩大工农群众的阶级团结和组织武装起来消灭反动势力的残余，农民组织农会，游击队消灭豪绅地主、资产阶级的武装，没收地主豪绅的物产和粮食分配给劳苦群众。工人组织自己阶级的工会，实现苏维埃政府的劳动法，增加工钱，减少工作时间，救济失业工人，和资本家作坚决的斗争。一切工人劳苦群众，起来！自动的组织起来、武装起来，在革命委员会领导下，用革命的铁拳，向我们的敌人作坚决的残酷的斗争，解放我们一切劳苦群众！

闽南工农革命委员会主席　王占春

闽南工农革命委员会成立后，漳州随后又成立了店员、汽车、人力车、纺织等行业工会，在乡村，纷纷组织起赤色农会、农民赤卫队。红军还向群众发放了四万多石谷子，还有不计其数的生产、生活物资。许多外出"躲红军"的商人、市民纷纷回来了。

四十九个昼夜

尽管工作十分繁忙，毛泽东依然没有忘记一件事——找书。曾志在回忆录中写道：我曾陪同毛泽东到跑得空无一人的福建省立龙溪中学图书馆找书，我发现毛泽东对书情有独钟，爱书如痴，见好书如获至宝，埋在书堆里整整待了两天。挑出了好几担书，什么内容的都有。后来听说红军撤离漳州时，毛泽东的个人财物依然少得可怜，唯有书籍增加了好几倍，拉了有半卡车之多。除了留少数自己阅读外，他用这批书在瑞金创办了中央图书馆，丰富了苏区红军的文化生活。

让毛泽东倍感惊喜的是，他在这所中学图书馆里，发现了恩格斯的《反杜林论》，列宁的《社会民主党在民主革命中的两种策略》《共产主义运动中的"左派"幼稚病》中文译本。

由于当时得到马列著作非常困难，毛泽东得到书后手不释卷，反复阅读，还经常把书推荐给其他人看。据《彭德怀自述》记载，1933年秋天，毛泽东先后把《社会民主党在民主革命中的两种策略》《共产主义运动中的"左派"幼稚病》这两本书介绍给他。在《社会民主党在民主革命中的两种策略》上面，毛泽东写给彭德怀的话是："此书要在大革命时读着，就不会犯错误。"在《共产主义运动中的"左派"幼稚病》上，毛泽东写给彭德怀的话是："你看了以前送的那一本书，叫作只知其一不知其二，你看了《"左派"幼稚病》才会知道左与右同样有危害性。"显然这两句话都有所指。第一句话是指大革命时期党所犯的右倾错误，第二句话是指1927年11月至1928年4月和1930年6月至9月我们党所犯的两次"左"

第十章 红楼灯光

倾错误。

在长征行军途中,毛泽东克服重重困难,把《反杜林论》一直带到了陕北,在自己的重要著作《矛盾论》中还引用了该书的两段原文。

1957年,毛泽东曾感慨地同曾志谈起:"1932年(秋)开始,我没有工作,就从漳州以及其他地方搜集的书籍中,把有关马恩列斯的书通通找了出来,不全不够就向一些同志借。我就是埋头读马列著作,差不多整天看,读了这本,又看那本,有时还交替着看,扎扎实实下功夫,硬是读了两年书。"

可见,这些马列著作对毛泽东理论素养的提高,对其日后把马克思主义中国化,即毛泽东思想的形成及发展有着重要的影响。

第十一章 抗日火种

  分兵以发动群众。一张弥足珍贵的留真照片。五一劳动节，中山公园上空忽然飞来一架飞机。"一为祖，二为某，三为田园，四为国土。"

  根据毛泽东的部署，红军攻克漳州后，兵分三路，深入发动群众，执行宣传抗日、筹款、扩红三大任务。

  红四军在漳州城、浦南、江东桥、石码、角美、海澄、长泰；红十五军到天宝、靖城、宝林、龙山、金山、水潮、山城、平和小溪；红三军进驻漳浦。第九师驻旧镇、盘陀、霞美、东山（古雷半岛，当时属东山）等地。

  1932年4月21日下午，红四军先头部队进驻石码，军司令部设在石码大港墘礼拜堂。红军在石码期间，成立了工农革命委员会，开展抗日宣传、筹款、扩红三大工作，并组建赤卫队，在石码工人中成立秘密工会和地下党组织。

  红四军军部还将所属部队从漳州城、浦南、角美、海澄、长泰等地集中到石码中学操场进行整训、阅兵。石码"留真

第十一章 抗日火种

照相馆"师傅周士文有幸见证了这一难忘时刻。

1932年5月19日,周士文受红四军政治部干部的邀请,带着照相器材来到石码中学操场,只见操场上摆放着整齐的机枪、迫击炮、平射炮,这是红军攻克漳州时缴获的战利品。几千名红四军指战员集聚在一起,虽然看不清每个人的脸庞,却让人感受到这支威武雄壮之师排山倒海、势不可当的气势,极具震撼力。周士文快速调整光圈,按下快门,拍下珍贵的红四军"合家欢"。王良、罗瑞卿、聂鹤亭、陈光、陈逸民、刘亚楼、刘海云、刘渊、杨成武、刘忠等军、师、团领导也齐集在照片中。

红四军石码合影

四十九个昼夜

新中国成立后,这张写有"中国工农红军第一军团第四军全体摄影"等字样的留真照片,被陈列于中国人民革命军事博物馆。

红军在石码,杨成武率领的三十二团团部就在石码中学(现龙海一中)二楼。新中国成立后,杨成武将军曾三次回访龙海一中红军楼。他曾感慨地说:"当年,驻扎在这里的那个团,在二万五千里长征中,一直是担任先锋团。在大渡河的激战中,飞夺泸定桥的勇士,就是从我带的这个团挑选出来的,个个都是铮铮铁骨的英雄汉。"

4月24日,红三军进入漳浦后,成立了漳浦县革命委员会。红军配合地方党组织、游击队、赤卫队,开粮仓、分浮财、打土豪、烧田契、分田地、废除苛捐杂税和高利贷。群众编了个民谣:"红根(军)来,白根(军)去,苦桃子(日子)不出世(复返)。"

邓子恢在红军的协助下,在漳浦小山城、龙岭、象牙庄、内过溪、浦口八社等地组织打土豪、分田地;在小山城、龙岭召开工农兵代表大会,成立苏维埃政权;在车本、欧寮、三坪、龙溪圩、南埔厝、上坪庄等地建立了革命委员会。在红军的宣传教育下,溪南村柯志达、柯荣章、柯宗保等一批青年农民加入共产党,并在溪南村建立了第一个党支部。

红十五军分兵南靖,到天宝一线,设军部于靖城。所辖三

第十一章　抗日火种

个师沿荆江流域分布：四十三师驻龙山一带，四十四师驻靖城一带，四十五师驻山城一带，形成以靖城为中心，向全县辐射的宣传发动网络。

南靖是红军东路军进漳的前哨和离漳的后站，从先头部队进入南靖到部队全部撤出南靖，红军足迹遍布全县各地。南靖区、乡、村苏维埃政府（革命委员会）建设进入鼎盛时期。在红军的支持下，赤卫队、农会、妇女会等组织开展轰轰烈烈的打土豪、分田地、破谷仓、赈贫民的斗争。

红军还组织宣传小分队，刷标语、绘漫画、编歌谣，用群众喜闻乐见的形式宣传红军的主张。四十四师一三零团政委宋任穷亲自带着宣传队员上街书写墙标。1983年5月14日，时任中共中央政治局委员、组织部部长的宋任穷专程到南靖县靖城镇寻访旧时的房东。他来到曾住过的"进士第"，边辨认边说："房内有我写的标语……当年房东给我送水送饭，军民鱼水情，如今故人已逝，直叫我怅然若失！"当看到还有一些红军墙标保存得比较完好时，宋任穷高兴地说："这些标语在当时起到很好的政治作用。"

这一厢，红军分头发动群众，分田分地轰轰烈烈；那一厢，逃回老家的张贞则灰头土脸。

诏安，四都东峤村，张贞带着一帮乡绅，来到张氏祖祠后殿"孝思堂"，给摆在祀桌上的"神主牌"烧香。张贞一脸愁容，身着国民党军官服，头上却戴着礼帽，显得有些滑稽。他

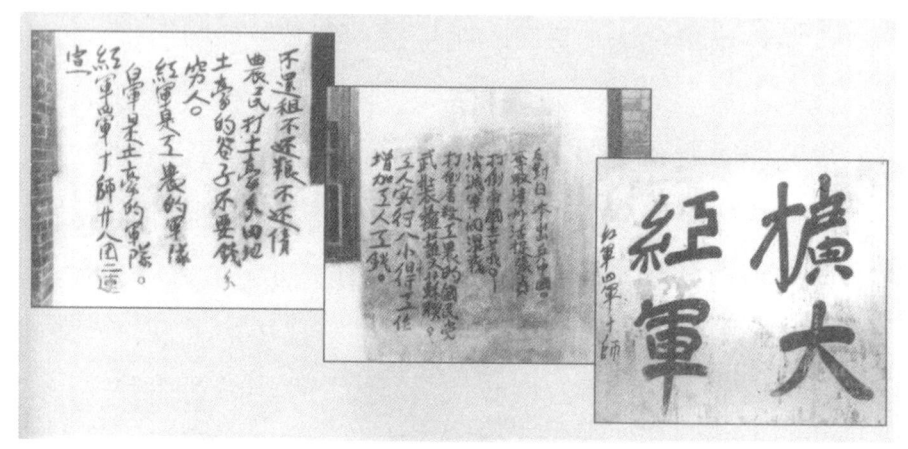

红军进漳书写的标语

一来想借着给祖祠烧香,表达"乡情",笼络人心;二来期望能求得些许"神助"。

进香完毕,张贞带着肖樾、杨逢年和几个贴身护兵,在村口转悠着,来到明代留下的旧城门前,张贞问肖樾:"漳州那边最近有什么消息没有?"

肖樾靠前一步说道:"师座,根据眼线报告,毛泽东已进

第十一章　抗日火种

驻漳州。共军攻占漳州后，还成立了什么闽南工农革命委员会，推选王占春为主席。"

"又是王占春……"提起王占春，张贞又牙疼了。

"共军还分兵石码、漳浦、南靖，正忙着烧地契、破谷仓、分田分地，一帮穷鬼跟着闹腾呢！"

"嗯，看他们能闹腾多久。要注意及时掌握共军动向，尤其是漳浦方向共军的动向，提防他们经云霄攻打诏安。"张贞吩咐道。

这时，副官跑过来小声报告："师座，翁猪母求见。"

"翁猪母？"张贞一时没有反应过来。

"哦，就是漳浦县保安大队长翁必达。还有，漳浦县剿赤救乡军的头头陈祥云也来了。漳浦被共军占领后，他们带着民团撤到了云霄，得知师座就在诏安，特地赶来拜访。要不，告诉他们，师座军务繁忙，让他们先回去。"

张贞抬起右手，说："不，让他们到师部来，我不仅要见他们，而且还要拨给他们枪支弹药。这只'猪母'，日后还用得着。"

东路军一路旗帜鲜明地进行抗日救亡宣传。在进漳途中，毛泽东就以中华苏维埃共和国临时中央政府主席的名义发表了《对日战争宣言》；4月20日，东路军进入漳州城当天，中华苏维埃共和国临时中央政府发表了《为对日宣战告全世界无产阶级及被压迫民族通电》；4月26日，又发表了《对日宣战通电》。

四十九个昼夜

进漳之后，各路红军组织宣传队向群众宣传中国共产党的抗日救国政策主张。为了扩大影响，红军还运用演讲、演戏、发送传单、刷写标语、绘漫画、编歌谣等形式向民众宣传中国共产党的抗日主张。至今，在南靖、石码、漳浦还保留着"扩大红军""反对日本出兵中国""打倒日本帝国主义""红军是工农自己的队伍""打到漳州去，扩大革命战争！""农民起来实行土地革命！""士兵不打士兵，穷人不打穷人！""反对国民党出卖东北三省！"等大量红军书写的标语。

1932年5月1日，漳州城风清气朗、艳阳高照。各群众团体组织了富有闽南特色的民间踩街和化装表演，围观群众人山人海，漳州城沸腾了。

曾志因准备回中央苏区工作，漳州这边暂时没有什么任务，在翻译的陪同下，也上街看热闹。当看到欢乐喜庆的舞龙舞狮、踩高跷、"大车鼓"、"海底反"时，曾志仿佛置身于中央苏区。

这时迎面来了一个阵容强大、气势磅礴的大鼓凉伞队。只见一群小伙子身着武士古装，胸挂大鼓，双手握着鼓槌，在鼓的两面交互敲打，随着节奏，不时传出雄浑的吼声。一群姑娘身着小旦装，头梳双髻，双手执彩伞，跟着鼓点，或进或退，或站或蹲，伞绕鼓转，伞罩上下旋转，舞姿十分优美。整个表演气势雄壮，动人心魄，充满着战斗豪情和必胜信念。

曾志兴奋地说："这大鼓凉伞的舞蹈好振奋人心呐！"

翻译是漳州本地人，向曾志讲述大鼓凉伞的来历："传说

第十一章　抗日火种

明嘉靖至万历年间，倭寇骚乱，戚继光带兵抗击倭寇，擂鼓助战，激励将士奋勇杀敌。打退倭寇后，漳州百姓击鼓舞蹈，欢迎得胜将士的归来。以后逢年过节，漳州一带百姓就打鼓纪念，渐渐演变成大鼓凉伞这一传统舞蹈。今天，漳州百姓是用大鼓凉伞庆祝红军的胜利啊！"

漳州中山公园仰文楼前，中央红军东路军政治部召开庆祝五一劳动节万人大会。"反对日本帝国主义侵占东三省！""工农大众团结起来，开展民族革命战争！""红军万岁！"的口号声此起彼伏。

会议由王占春主持，罗明代表福建省委和苏维埃政府讲话："漳州工农劳动人民团结起来，拥护红军，要把日本帝国主义赶出中国，要反对军阀、封建势力和官僚政府的压迫和剥削，要成立漳州革命政权，开展游击战争。"

东路军政委聂荣臻也作了讲话，号召"闽南工农群众团结起来，反对日本帝国主义侵略我们中国，号召国民党军队停止进攻苏区，和我们携起手来共同抗日"。

大会还公审了被红军俘虏的张贞师一四六旅副旅长魏振南。

会议进行时，忽然飞来一架飞机，在会场低空盘旋打圈。由于原先未曾打招呼，大家还误以为是敌机，部队忙组织群众向周边的龙眼树下散开，后来发现机翼下有两颗大红五角星，才知道是红军自己的飞机，人们又如潮水般从龙眼树下涌出来。飞机散发的印有中国共产党抗日"决议""宣言""纲领"的宣传单如雪片纷飞。顿时,会场上群情激昂,一片掌声,大家完全沉浸在胜利喜悦的气氛中。那情景,永远留在了漳州人的集体记忆中。

关于这架飞机的去处,童小鹏后来回忆道:"五一以后,那架飞机奉命飞往瑞金。但驾驶员没有到过瑞金,又没有导航设备,他飞到了会昌,因为会昌同瑞金一样都在河边上。这时汽油又用完了,它就在会昌河滩上降落,轮子陷入沙土,机翼损坏,幸亏驾驶员没受伤,受到政府优待。那架飞机就成为漳州战役胜利品,供大家参观了。"

就在五一劳动节这一天,红四军也在石码中山公园中山亭前召开了2000人群众大会,罗瑞卿亲自上台宣讲当时的形势和共产党的抗日主张。

罗瑞卿

红军还组织小分队,带着印有"抗日救国"的臂章,走上街头,向民众分发传单。红军的抗日传单也流进了近在咫尺的厦门。

在厦门集美中学,这所陈嘉庚先生创办的充满爱国氛围的学校里,学生们如饥似渴地传看红军的抗日传单。

有位归侨女学生被《对日战争宣言》深深地吸引了。她从宣

第十一章　抗日火种

言中看到了中国共产党领导中国人民坚决抗战的决心，看到了中华民族解放和独立的希望。她回忆着自己刚出生不久就被遗弃在漳州塔口庵的苦难童年，回忆着跟随养父母侨居荷属爪哇时，耳闻目睹华人遭受欺凌的屈辱情景，回忆着九一八事变以来日本侵华的种种暴行。这份宣言，在她心中点亮了一盏明灯。她认定，只有共产党才能引领中国走向光明，有一天，自己也要走上抗日杀敌的战场。

这位女学生的学名叫李秀若，是集美抗日救国会义勇队队员，那年17岁。她的家，就住在石码甘棠路20号。

一年以后，她转读上海爱国女中，参加中国共产党领导的"抗日救亡青年团"，在《读木兰辞有感》中，她写下了"甘愿征战血染衣，不平倭寇誓不休"的铮铮誓言。1936年，她考入北平民国大学，在北平，她如饥似渴地阅读马列著作，并把自己的名字改为李林，因为"林"和列宁的"宁"谐音。这一年，她参加党组织声援上海"爱国七君子"的万人大游行，担当游行队伍中的旗手，面对警察挥舞的棍棒，她毫不畏惧，头部受伤仍护旗不倒。同年12月，她加入中国共产党。不久，这位"不爱红妆爱武装"的女大学生，奔赴山西抗日前线，与晋绥边区军民共同打击日本侵略者。

在燕北，李林担任抗日游击队第八支队队长兼政治部主任，不久，任八路军一二零师独立支队骑兵营教导员，她率领部队驰骋疆场，英勇杀敌，屡建奇功。在战斗间隙，写下了壮怀激烈的诗篇《心爱的战马》。

四十九个昼夜

> 当黄色的风沙吹起在沙滩上,
> 我的战马快如飞,
> 飞过山岳,飞过平川。
> 风啊,我和你比一比;
> 敌寇的血,染红了我的马蹄;
> 敌寇的头,滚落在我脚底。

八路军一二零师师长贺龙称她为"我们的女英雄",并奖给她一把精致的八音手枪。日寇则悬赏5000银元,要她的人头。

1940年,抗日战争进入异常艰苦的敌我相持阶段。4月,日寇集中1.2万兵力,兵分六路,对晋绥边区进行大"扫荡"。26日黄昏,驻在朔县城东北乱道沟、吴家马营一带的晋绥边区特委工作人员,第11行政专员公署机关工作人员,加上从各地抽来正在训练班学习的500多名学员,共700多名非战斗人员被敌包围,而随同的战斗部队只有六支队的二营、三营。

在此情形下,地委、行署立即组织机关人员和训练班学员趁着夜幕,向平鲁方向转移,并下令二营担任前卫,三营担任后卫。当转移队伍翻过一道山梁时,前方的二营与敌人接上火,战斗打得非常激烈。狡猾的敌人利用时机,插进二营、三营之间,包围了地委、行署机关人员和手无寸铁的训练班学员,而包围圈里的战斗力量只有三营的一个骑兵连。

这时,已经调离部队、担任专员公署秘书主任的李林挺

第十一章 抗日火种

身而出,向特委领导提出:"这支部队我熟悉,我带领骑兵连向东突击,吸引敌人,掩护机关和干部训练班同志向西突围。"

三营骑兵连的前身为原独立支队骑兵营,是李林带过的队伍,战士们对她很敬佩。但特委领导犹豫了,因为此时,李林已怀有三个月的身孕。可情况紧急,在李林的再三请求下,特委最终同意了。

李林纵马来到骑兵连跟前,举起手中的枪说:"骑兵连,跟我来。"

李林带着骑兵连像离弦之箭,向东冲向敌阵。日寇被骑兵连发起的冲锋打得措手不及。西面的敌人听到喊杀声和密集的枪声,以为八路军的大队人马向东突围,也向东面扑来。正当李林带领骑兵连与日寇浴血奋战的时候,700多名机关人员和基层干部得以安全转移。

敌指挥官发现上当后,气急败坏,立即集合队伍,将骑兵连团团围住。李林率领骑兵连反复拼杀,就在即将冲出重围的时候,她的战马被日军的迫击炮弹炸中,一声嘶鸣,李林躺倒在血泊中,她的胳膊和腿部也负了伤。这时,她发现身边还有两个受伤的战士,她爬了过去,三人相互搀扶着,一步一步走向附近一座叫阴凉山的山梁。

枪炮声渐渐停了下来,敌人发现我方只有三个人,便开始收拢包围圈,敌指挥官喊着:"抓活的……"

敌人的包围圈越收越紧,李林举枪连续射击,有四个鬼子

四十九个昼夜

被撂倒。鬼子恼羞成怒，一阵机枪扫来，两名战士牺牲了。李林胳膊、肩膀也中了枪，血流如注。她忍着剧痛，艰难地爬向山梁上的一座小庙。她支撑着坐起来，背靠着庙墙，继续向敌人射击，又有两个鬼子被撂倒，其余的鬼子吓得赶紧趴下。

李林打完了子弹，快速拆散枪支，把零件一个个抛掉，然后，掏出一支小手枪，这是贺龙师长送给她防身用的那支八音手枪，枪膛里还留着最后一颗子弹。

鬼子见庙里没有动静，便爬了起来，端着刺刀，慢慢逼近小庙。

李林用小手枪枪口顶住自己的下颌，从容地扣动了扳机……

那年，李林25岁。

李林牺牲后，数千名抗日战士和驻地群众在郭家窑村为她举行了隆重的追悼大会，中共中央机关报《新中华报》和《新西北报》发表悼念文章、社论。2009年9月，李林被评为为新中国成立作出突出贡献的百位英雄模范人物之一。

红军的抗日救亡宣传，影响了彭冲、柯联魁等一批漳州进步青年。很快，他们加入中国共产党。1934年，漳州诞生了"芗潮剧社"。"芗潮"意为芗江怒潮。彭冲、柯联魁既是剧社的领导者，又是创作、演出的骨干。剧社以话剧、歌咏、曲艺为武器，唤醒民众爱国热情，宣传党的抗日主张，积极开展抗日救亡运动。"芗潮剧社"不仅在城市举行公演，还活

第十一章 抗日火种

跃在农村、街头，甚至深入国民党军队中，进行宣传活动。有一天，"芗潮剧社"在漳州公园广场演出街头剧《仁丹》，宣传抵制日货。一位演汉奸的演员演得太逼真了，不少观众信以为真，在"抓汉奸"口号中真的行动起来。要不是剧社人员及时举起宣传队的旗帜，说明这是在演戏，还真差点闹出人命。

彭冲回忆道："这些活动，使漳州城沉默阴霾的气氛消失了，全城沸腾起来了，群众人人讲抗日，家家议救国，时时闻歌声，日日忙救国，抗日救亡的熊熊烈火燃遍了每一个角落，把漳州及闽南一带的抗日救国运动推向了高潮。"

红军培养的一批宣传抗日的骨干也在行动。其中，有爱国抗日志士高岗山。

高岗山，南靖县靖城武林村人。毕业于上海文治大学。红军攻克漳州时，高岗山为红军做向导、当翻译，还用闽南方言编成《农民歌》《十劝妹》等红军歌谣，在家乡武林成立农民赤卫队，配合红军打土豪、筹粮款。

红军回师中央苏区后，高岗山前往白云游击区，继续开展革命活动。几年后，他来到东山县东升小学，担任语文教员和时事讲演员，编导抗日救国小话剧，还把抗日歌曲改编成方言在学校、城乡广为传唱。他经常周末到乡村、到渔港，用闽南话宣讲抗日救亡道理。高岗山的演讲极具感染力，民众听了他的演讲，群情激昂："日本鬼子如果敢来侵犯东山，我们就用

四十九个昼夜

大刀、用锄头、用鱼叉把他赶下海去!"

这位四处奔波宣传抗日的爱国志士,于1938年6月5日深夜,和"芗潮剧社"领导人柯联魁一起,被国民党武装特务绑架杀害。然而,他在东山县传播的抗日火种却燃遍了整个海岛。

随着全面抗战的爆发,抗日烽火从东北、华北延烧到东南沿海。1938年5月10日,日军在厦门五通登陆。13日,厦门全岛沦陷,漳属的浯屿岛也被日军占领。日军在厦门禾山机场的军机频繁飞往漳州城进行轰炸。人们惊呼:狼来了!

盘踞在汕头的台湾日军司令部参谋兼华南特务机关长、步兵大佐山本募和汪伪"中华和平救国军"第一集团军司令黄大伟,先后策划了对漳属诏安、东山、海澄的进攻。

东山岛,面对台湾海峡,位于厦门与汕头之间,处于东海与南海的接合部。日寇一旦占领了东山,厦门、东山、南澳、汕头就可以形成一条完整的封锁链,同时,还可以控制住台湾海峡。日寇把魔爪伸向了东山。

当时的福建《大成晚报》报道:自民国二十六年至二十八年十月止,全省各县遭日寇蹂躏最惨烈为闽南之东山。

据统计,1938年至1944年间,日寇出动飞机127批次、356架次,在这座200平方公里的海岛上,投下1361枚炸弹,平均每平方公里投下6.8枚炸弹。

然而,日伪军先后三次从海上发起对东山的进攻,都被英

第十一章　抗日火种

勇的东山人民打下海去。他们组成敢死队，喊着红军进漳时的闽南语抗日宣传口号"一为祖（祖宗），二为某（妻子），三为田园，四为国土"出征，用大刀、锄头、渔叉配合守军奋勇杀敌。在与日寇的殊死战斗中，东山军民"人人以忠烈自勉"，只有战死，没有投降。

历经战争苦难的东山百姓"查埔（男人）俭烟支，查某（女人）俭胭脂，煮饭俭把米，拜神俭纸钱，俭俭抗战买飞机"，在食不果腹的情况下，还捐献了一架"东山号"飞机支持抗日。

1939年11月至12月间，为了呼应桂南、粤北战役，日军粤东派遣军司令部发动了闽南战役，企图占领闽南重要城市漳州，与厦门互为掎角，进而夺取泉州、福州。

1939年11月30日，由黄大伟为总指挥，以汪伪"中华和平救国军"新编第五团为第一梯队、警备团为第二梯队，勾结150名日军共2000余人，在飞机的空中支援下，从广东澄海出发，气势汹汹，越过汾水关，扑向诏安。日伪军占领诏安县城后，在良峰山、汾水关、县城东溪堤一带构筑工事，并拼凑"诏安维持会"，筹办"干部学校"，准备长期占领诏安，并以此为前进基地，夺取漳州、泉州、福州。然而，日伪军的美梦很快破灭了。

12月7日凌晨，守军在民众的配合下，对日伪军发起反击，当日下午，就收复了诏安县城。黄大伟带着1400余名败

四十九个昼夜

兵由汾水关逃窜,溃不成军,仓皇逃回粤东。

进攻诏安受挫后,日军粤东派遣军司令部策划了闽南战役的第二次军事行动。这回,山本募和黄大伟采取的是"明攻东山,暗渡海澄"策略。

1940年2月12日晨,东山岛南部的宫前、过冬海面出现日本军舰。2000多名日伪军在宫前湾登陆。日本军舰在宫前湾卸下主力部队,对登陆部队给予短时间的舰炮火力支持后,载着剩余的日伪军驶向靠近城关海域的三支峰方向。

13日,日本军舰到达三支峰海面,在舰炮掩护下,1000多名日伪军在东山岛东部登陆,占领铜钵、龙潭山一带制高点,下午5时,攻占城关。当天,南面登陆之敌也占领了西埔,与东面登陆占领城关之敌成钳形之势。

危急时刻,东山军民奋起反击。15日晨,西埔收复。日伪军把兵力集中在城关附近的五里亭、铜钵、城垵、龙潭山一带。当日,东山军民和日伪军在城郊五里亭一带展开激战。在东山军民的奋力反击下,日伪军撤出龙潭山,经五里亭退入县城,向海边溃退,仓皇登舰逃离东山。

就在此时,几艘日军兵舰从汕头出发,悄悄驶向厦门湾。1940年2月17日,农历正月初十,黄大伟率伪军胡耐甫警卫团、陈光锐特务团和张步楼新编步兵团,合计兵力3000多人,由两艘军舰、13艘汽艇运输,从海澄港尾登陆,企图攻占漳州。

然而,三团伪军登陆不久,就被当地军民分割包围。在攻

第十一章 抗日火种

心政策之下，三团伪军全部投诚反正，共计官兵3000多人，步枪2800多支，轻重机枪30多挺，迫击炮两门。在当时，轰动了整个福建。

东山、诏安、海澄的胜利，是中国共产党领导的抗日民族统一战线的胜利，沉重地打击了日本侵略者的气焰。红军进漳广泛开展的抗日救亡宣传，此时极大地激励着闽南军民抗日斗志，许多民众正是喊着当年红军的闽南语抗日口号奔向抗日杀敌战场的。

第十二章　筹款百万

一些战士错把穿西装戴礼帽的华侨当成土豪，毛泽东召开"草坪会议"。八年后的道歉。长汀城举办了"金山银山"展览会。一条特殊的运输线。

红军在宣传抗日的同时，筹款工作也在紧锣密鼓地进行。毛泽东亲自作出筹款政策规定：除了没收敌产和地主财产外，要保护工商业者，对民族资产阶级和中、小商人采取捐助政策。

红军专门成立筹款委员会，由罗荣桓总负责，毛泽覃和李富春具体抓落实。东路军总部和红三军、红四军、红十五军担负相应的筹款数目。新成立的工农革命委员会也组织临时筹款委员会，协助红军工作。筹款形式主要是通过商会向工商户分等筹集，也发动群众自愿捐助。根据漳州的经济状况，红军提出筹款百万的要求。

红军在漳州没收了国民党四十九师开设的"民兴银行"，在石码没收了龙溪县盐务局的大量存盐和"宏通银庄"，没收

第十二章 筹款百万

的敌产占筹款总额的1/10。

在筹款过程中也出现了一段小插曲。由于红军初次攻占漳州这样的沿海中心城市,加之不懂方言,开始时,一些战士把穿西装、戴礼帽、拿文明棍的归侨、侨眷错当土豪抓起来。红三十三团有一位战士,看见一户人家养了一只十几斤重的火鸡,也当作土豪打了。有的红军战士把工商业者的财产、商店的财物当土豪财产没收了。在漳浦,甚至出现把一些不交款的老财拉到街上去拷打的现象。

聂荣臻政委听了汇报,感觉到了问题的严重性,他教育部队:"对一些不肯出钱的老财,给他们一定的惩戒是必要的,但不能把他们弄到大街上去拷打,以这种搞法不光不会得到一般群众的同情,甚至也得不到工人、农民的同情。其结果只会是,铺子关门了,人也逃了,筹款筹不到,政治影响反而会搞得很坏。"他还指出:"我们是既要钱又要政治,我们是工农红军,如果政治影响搞坏了,即使你把漳州老财的财产都没收了,也毫无意义。"

芝山红楼前的草坪上,毛泽东亲自召开红四军连以上的干部会。毛泽东严肃指出:"打土豪你们打错很多。有的不是土豪,是华侨,你们也把他们当作土豪打

聂荣臻

四十九个昼夜

了。你们为什么搞错呢？第一个原因，就是没有认真调查研究，只看现象，不看本质。没有调查研究，就没有发言权，更没有抓人权！第二个原因，听不懂本地话，越是听不懂，就越要调查研究嘛！你们回去好好清查一下，抓错了的，向他们赔礼道歉，该赔偿的就赔偿，请他们吃个饭，放他们回去。"

杨成武回忆，"草坪会议"之后，他回到红三十二团核查，发现抓的100多人中，只有五六个是土豪，其他人都不是。于是，他亲自向这些人赔礼道歉，请他们吃一顿饭后立即将其释放了。

毛泽东还指定聂荣臻、罗荣桓到各军各师传达红军筹款政策，检查贯彻落实情况。

罗荣桓把各军政治部主任、供给部部长和群工部部长都叫到军团政治部开会，宣布纪律，及时纠正部队存在的只顾筹款不讲政策倾向的问题。他强调："除没收敌产外，红军的筹款主要通过商会进行，对工商户不搞平均摊派，按资金多少来定捐款额度。"

会上，军团供给部部长赵尔陆汇报："现在有的部队已经把一些百货公司的布匹没收了。"

罗荣桓明确回答："不能没收，应该退还。"

赵尔陆为难了："可有些布匹已经做了军衣，退不了。"

罗荣桓

第十二章 筹款百万

有人建议:"退不了东西,那就拿钱买吧!"

赵尔陆摊开了双手:"我们供给部就那么一点家当,哪有那么多钱呀!"

大家沉默了。罗荣桓见状,从口袋里掏出一包香烟,给抽烟的每人发了一支,说:"原则上是一定要执行保护工商业的政策,可又要照顾到我们的实际情况。大家想想看,应该怎么办呐?"

"要不,采用募捐的办法解决吧!"有人提议。

罗荣桓点点头:"嗯,我看就叫乐捐吧!可以把那些工商业者的代表请来开个会,动员他们自愿捐助。"

傍晚,王占春和高捷成相约来到了九龙江畔。江面上,灯光闪烁,那是连家船上的渔火。不知从哪艘渔船上,飘来闽南大广弦委婉优美的弦音。

王占春望着波光粼粼的江水,感叹道:"记得这九龙江上的连家船有一首民谣,'一条破船挂破网,长年累月漂江上,斤两鱼虾换糠菜,祖孙三代住一舱'。讲述了连家船渔民生活的艰辛。而今,这连家船上的渔民也拉起了抒情的大广弦。这是渔民用弦音表达对红军到来的喜悦心声呀!"

高捷成也充满感慨:"九龙江这条母亲河,见证了漳州的历史,更见证了漳州今年这个不平凡的春天啊!"

两个年轻人边走边谈,来到江边的一棵榕树旁坐下。

"占春哥,我看到你当选闽南工农革命委员会主席后发

四十九个昼夜

出的第一份公告,心情特别激动,你看,我能为红军做些什么?"

"捷成,正好有一件重要的事情等着你去做呢!"

"什么任务,占春哥快说。"

"红军在漳州准备通过商会向工商业者筹集一批银元,'百川银庄'经理,也就是你宗叔高开国先生在漳州商界威望比较高,我们想请他为临时商会会长,帮助红军向各商户筹措资金。你是厦门大学金融专业的高才生,又是'百川银庄'的出纳,所以……"

"我明白了,漳州各商铺财力情况我都了解,我一定协助宗叔做好捐款筹措工作。"

"太好了!到时候,红军供给部的人员会跟你联系。"

打锡巷,漳州商会所在地。罗荣桓以东路军政治部的名义,邀请工商界代表开会。罗荣桓开门见山:"今天请各位来开会,首先是向大家道个歉。共产党和红军执行的是保护民族工商业政策,可个别红军战士把工商业者财产当土豪财产没收了,这样做是不符合我们的政策的。部队对违反政策的战士进行了严肃的批评,我在这里向大家郑重宣布,这种行为已经得到纠正了。"

下面有人小声议论:"红军保护工商业者财产,这我们就放心了……"

罗荣桓接着说:"我也如实告诉到会的各位工商业代表,

第十二章　筹款百万

红军目前经费确实比较困难，希望工商业者予以捐助，当然，要量力而行，大家看，一般商家捐财产的百分之一左右行不行？"

罗荣桓的诚恳态度化解了代表们的疑虑。大家纷纷发言："按财产的百分之一捐款，合情合理，可以接受。""应当的，我们认了。"

罗荣桓趁热打铁："希望各位帮助宣传红军的筹款政策，让广大工商业者能够理解和支持。"

会上，大家推选"百川银庄"经理高开国为临时商会会长，绸布业代表王汇溪、百货业代表林春光、柴炭业代表卢某等负责经办筹款。经商会进行评议，定出各行业商户应该捐助的金额，由各行业公会指派专人收集，每日将收交款项集中到临时商会点缴。这些日子，高捷成废寝忘食，发动商户捐款，成了红军筹款料理财务的骨干。

石码是龙溪县著名的侨乡，有小厦门之称。红军开始提出的筹款任务是"筹款百万，漳码六四分担"。依照这个原则，红四军筹款委员会在石码商会筹款会议上提出向石码工商界筹措40万银元的计划，到会的商会代表感到筹集40万银元难度大，工商户负担过重。经过讨论协商，筹款委员会决定将石码工商界所承担的任务下调为14万银元，并采取灵活的捐款方式，对一次交不清者，允许分次交缴，对在交款中一时难以凑齐数额的，允许用黄金首饰估价抵交。规定捐款以银元为主，原则上不收纸币。红军对完成筹款的商户张榜公布，并发给一

四十九个昼夜

张盖有红军军部印章,写着"筹款交清,给予保护"的凭证贴在各商户的门口。由于有商会的配合支持,14万银元很快就在全镇十几个行业中筹集齐了。

陈嘉庚的南洋橡胶公司在漳州城内的马坪街开了一家分公司,专门销售该公司生产的胶底球鞋。筹款委员会通过商会向这家分公司分配捐款,可公司的经理外逃了。红军只得派人协同商会打开鞋店,取出相当于捐款数目的鞋,发给指战员。胶底球鞋,对红军行军打仗来说,实在太必要了。

这事,毛泽东一直放在心上。1940年5月,陈嘉庚率南洋华侨回国慰问团访问延安。毛泽东特意就八年前红军在漳州打开鞋店的事向陈嘉庚表示道歉。陈嘉庚连声说:"主席您太客气了,红军做得对,这个经理太糊涂了,红军应该这样做。"

由于红军注意掌握政策,并以铁的纪律和模范行动赢得漳州人民的信任和理解,得到商会和工商户的积极配合,筹款进展顺利,从1932年4月底到5月中旬就筹得100余万银元。

童小鹏回忆:供给部负责保管捐款。当时市面都通用银元,供给部收到银元后,即用油纸把银元包好,专门做好木箱,一千

童小鹏

第十二章　筹款百万

银元一箱，行军时一个挑夫挑两个箱。最后统计，共筹款百余万元。除拿一部分购买布匹、药品、食盐外，大部分都用木箱运回苏区。

据当时的福州《福建民报》、厦门《江声报》的报道，漳州各途（行业）商实际捐助款是34.1180万银元，石码15.7677万银元，这两份报道极为详细，各途商的捐助款数精确到分、厘。

红军在漳州筹款，还包括其他几个方面：中央红军在海澄筹款约10万银元，南靖筹款约16万银元，其他县筹款数目不详；红军在漳州城没收张贞开设的"民兴银行"、龙溪县官办的"民有银行"、龙溪县盐务局财产和石码的"宏通银庄"10余万；在角美、海澄、石码、平和、漳浦、浦南、天宝、长泰等各地打土豪10余万。

100万银元在当时是什么概念？据厦门《江声报》登载，1931年福建省全省财政收入不足300万银元，江西全省财政收入不足60万银元。而闽西苏区政府月开支不足6000银元。可见，当时红军在漳州筹得的款项和物资，对解决中央苏区和红军在财政上物资紧缺的困难，发挥了多么重要的作用。

过后，中华苏维埃银行用从漳州收缴和筹集的大量金条、银元在长汀城举办了一个"金山银山"展览会，群众络绎不绝观看了展览会，感慨道："我们一辈子都没有看过这样多的金银，苏区银行的资本真雄厚。"

100余万银元，成了中华苏维埃银行的第一笔准备金。从

四十九个昼夜

此，中央苏区人民对中华苏维埃银行制发的钞票、公债更具有信任感，大大促进了认购公债、存放款、兑换货币等工作的开展。

红军在漳州时，每人还发了一顶红星帽、两套灰布军装、一条皮腰带、一双绑腿、一个银元、两双球鞋。两个军团的经济给养都解决了，指战员皆大欢喜、士气高涨。红军战士穿上胶底球鞋，参加不久以后的第四次反"围剿"战斗，还有许多战士穿着胶底球鞋，踏上长征之路。

漳州战役缴获了敌人大批物资，还筹集了大量被服、布匹、胶鞋、中西药品、红糖、食盐、印刷机和兵工厂设备，这些物品再加上筹措的百余万银元，如何运到苏区是个大问题。

在地方党组织的配合下，红军建立起漳州到闽西、闽西到瑞金的运输线。漳州到龙岩120公里，龙岩到瑞金220公里，合计340公里。除漳州到水潮60公里可用船运外，其余均得靠肩挑手抬。漳州以西均是山区，道路崎岖，空手爬山已十分吃力，何况肩负重担，有的还要抬着几百斤、上千斤器材，一路上坡，又遇时雨不止，物重路滑，其困难艰辛可想而知。

漳州与闽西民众组成的支前队、运输队，采用"接力"方法传递接应。漳州方面，除了用帆船通过九龙江水路运送物资到水潮外，漳州赤色汽车工会还组织工人，出动20部汽车，日夜兼程运送物资。而水潮到龙岩，由龙岩、永定等县组成的支前队负责，龙岩到瑞金，则由上杭、长汀、连城等县的支前队负责。支前队自带粮食，硬是凭着一副铁肩、两只脚板，用了一个月的时间，源源不断地把物资运送到苏区。

第十二章 筹款百万

民众组成的运输队把物资运送到苏区

这是来自人民的力量。当然，人们没有忘记，漳州战役胜利的背后，也倾注着"后勤部长"周恩来的心血。

进漳红军在地方党组织的密切配合下，工作开展顺利。罗明接受新的任务返回闽西。为了推动漳州工人运动，罗明特地安排漳州工人代表组成参观团赴中央苏区参观。代表团成员以汽车工人为主，代表团由胡大机、林民生、叶国基、叶清江、谢景清、苏兴生、廖昌林、陈荣州、卢汉魁、吴国良等19人组成。

代表团在长汀受到周恩来、朱德、王稼祥、张鼎丞的亲切

四十九个昼夜

接见。《红色中华》以《漳州工人代表团访问中央苏区》为题作了报道。

本月十六日午后七时党团中央局及福建党团省委汀州党团市委共同招待漳州工人于汀州之水东街。开会时由周恩来同志代表党团致欢迎词,继由罗明报告中国共产党之主张,陈荣同志报告中国共产主义青年团之主张,后即欢迎参观同志演讲。

登台演讲的漳州工人同志很踊跃、很诚恳、很欢欣、很愤慨,说他们在漳州怎样受痛苦、压迫,现在怎样解放了,怎样参加革命工作,到苏区参观怎样受到各地群众的欢迎……

当会议进行到"问题与解答"的时候,有几个工人纷纷提出问题:列宁的历史?共产党的历史?土地怎样分的?红军的公田是什么?……

直到十时后才表演唱歌、口琴、跳舞、呼口号等,后欢乐地散会。

代表团到达瑞金后,部分工人代表留在红军大学学习,毕业后参加了红军。

正当曾志满怀喜悦等待跟随红军回中央苏区时,情况发生了变化。根据形势需要,中共厦门中心市委决定撤销漳州县委,成立漳州中心县委,辖漳州城内、南北乡、石码、海澄和靖和浦地区,由蔡协民担任漳州中心县委书记。当时特定情况下,漳州县委既隶属中共厦门中心市委,又接受福建省委领导。

接到新任务后,蔡协民找到王海萍,提出:"希望曾志也

第十二章　筹款百万

能留下来，和我一块到小山城，否则会影响我的工作。"

王海萍犯难了，曾志要求回中央苏区工作态度坚决，也是经过毛泽东、罗明和自己同意的，现在要曾志留下来，这工作怎么做？

王海萍把蔡协民的想法报告了毛泽东。毛泽东亲自找曾志谈话，恳切地对她说："我本来是同意你回中央苏区工作的，但是如果蔡协民带着这样的情绪去漳南，势必会影响工作。他的身体不好，确实也需要你在他身边照顾。为了工作，我看你还是和蔡协民一起去创建小苏区吧，那也是很重要的工作嘛！"

曾志一心想回中央苏区，可既然毛泽东出面这样说了，又能再说些什么呢！曾志在回忆这段经历时坦言："对于一个共产党员来说，服从组织的决定是起码的要求，即使组织的决定与个人的利益和意愿相左，也还是要执行组织决定的。"

两天以后，曾志即和蔡协民启程前往小山城。生活清苦的毛泽东破例叫警卫员去买了一只大火鸡，并打开一听从江西带来还没舍得吃的牛油罐头，为两个井冈山时期的战友饯行。

不久，新的中共漳州中心县委成立，蔡协民任书记，曾志、冯翼飞、王占春等为委员，曾志任组织部部长兼秘书长。漳州、石码各成立一个区委。尽管曾志已做好应对严酷斗争环境的准备，但她还是没有想到，红军撤离漳州一个月后，她和新成立的红三团就在车本遭遇了一场几乎陷入绝境的战斗……

第十三章　扩红行动

漳州城乡，1500多人报名参加了红军。漳浦城郊陈氏祠堂，党代表邓子恢宣布正式成立中国工农红军闽南独立第三团。毛泽东在罗荣桓的陪同下，登临芝山。

当兵就要当红军，
处处工农来欢迎。
官长士兵都一样，
没有人来压迫人
…………

这是红军进漳期间，漳州城乡传唱的一首歌谣。听说红军要招收新战士，漳州城乡出现年轻人踊跃报名当红军的热潮和"党员带头，夫妻一心，师生一路，兄弟一起"报名参加红军的动人景象，他们当中有农民、工人、教师、学生。

许多在田间劳作的年轻农民，听说大家都去报名参加红军，扔下手中的锄头，家都不回，直接参加了红军。

南山寺的肖达如、汪慰农、铁轮等七个和尚毅然脱掉袈

第十三章 扩红行动

装,参加了红军。

在厦门求学的30多名台湾学生乘船来到石码,报名参加了红军,有的台湾学生还带着乐器加入红军队伍。童小鹏在回忆录中讲述了这样一个细节:"有一个台湾学生还带上一只小猴子行军,他走得很累不想带了,但谁也没有精力去照顾这个玩意儿,就送给路边一个青年了。"

一位经厦门地下党介绍,前来石码参加红军的侨生引起红四军政委罗瑞卿的关注。这位侨生长得眉清目秀,却一口闽南"地瓜腔"。他的名字叫李子芳,晋江永宁镇岑兜村人,早年侨居菲律宾,先在店铺里当学徒,后在中西学校半工半读。1927年从菲律宾归国后,他一面求学,一面寻找革命道路。不久,在厦门鼓浪屿参加中国共产党地下活动,并参加中国共产党领导的"互济会"和"反帝大同盟"。

罗瑞卿把李子芳留在红四军组织部当干事。到瑞金不久,李子芳又转任红一军团组织部干事。红军长征到达陕北后,历经血与火斗争考验的李子芳,先后被提升为红一军团政治部组织部副部长、部长。抗战期间,李子芳担任新四军组织部部长,为新四军干部队伍建设做出卓越贡献。后在1941年皖南事变中不幸落入敌手,被国民党特务杀害于狱中。

红四军在石码的扩红工作如火如荼。有一天,一位老人来到位于蕃芝程连三学校的红四军政治部,要求见红军的首长。没想到,红军首长和老人一见面,便热情地与他打招呼:"连老先生有什么事,请坐下谈。"

"首长还记得我呀!"老人高兴地说。

"记得,当然记得。"

原来老人是石码有名的画家,名字叫连城珍,因为擅长画梅花,人称"梅仙"。红军刚进驻石码时,有人诬告他是土豪劣绅,一位排长带着几个战士去他家里查抄,发现屋内有不少梅花画作,其中有一幅画卷还提了一首诗,上面写着:学写梅花四十年,只缘清瘦号梅仙。闲来写幅梅花卖,不使人间妖孽钱。

排长寻思,这人蛮有骨气的,不像是土豪劣绅,还是个文化人,红军现在正缺翻译呢。于是把他带到红四军政治部交给首长甄别。当时正好是这位首长见了他。首长详细询问了连城珍的情况,当时在场的石码商会代表林芦成也证实,连老先生在石码是个很有声望的画家,不是土豪劣绅。这位首长听了连忙起身道歉,并热情留连城珍一道吃饭。吃饭时,首长问连城珍愿不愿意为红军当翻译。连城珍被红军首长的真诚感动,当即答应了。由于他翻译得好,加上在群众中威望高,在红军筹款过程中发挥了重要作用。在五一劳动节石码中山公园群众大会上,他还为罗瑞卿政委发表抗日救亡的讲话做现场翻译,这一翻译,使他更加深了对红军的理解,决心跟着这支坚持抗战的队伍走。

"听说你们在发动群众报名参加红军,我就来啦!"老人说。

"噢,连先生是替谁报名呀?"首长问道。

第十三章　扩红行动

老人说："是我自己报名参加红军呀！"

首长有些意外："连老先生贵庚？"

老人说："61岁，才61岁，还可以扛枪打仗。对了，红军每到一个地方，不是还要在墙上画画吗，这个我会。"

首长乐了："连老先生，很感谢您对红军的支持。但红军要行军打仗，您年纪确实太大了。"

首长好说歹说，才把老人给劝了回去。

杨成武在《熠熠生辉的漳州战役》一文中回忆了这件事：我们在石码打土豪时曾抓错了一个开明人士，因他好画梅花，人称"梅仙"。此人后被红军的真诚所感动，主动为红军筹款、当翻译。当我们要离开时，他也要求参加红军，只是因为岁数太大，未获批准。

就在画家连城珍到石码红四军政治部要求参加红军的时候，漳州城这里，邓子恢领着两个年轻人来到位于芝山的东路军政治部。邓子恢向罗荣桓介绍了两个年轻人的来历。

这两个年轻人中，一个叫苏静，出生在海澄镇内溪村碑头社一户农民家庭。苏静四岁时，父亲苏圆木就背井离乡，远渡重洋到缅甸谋生。家人省吃俭用，支持苏静读书。苏静读完私塾、小学，又到漳州省立八中就读。这期间，国共合作的国民革命军攻克漳州，中国共产党正在领导一场轰轰烈烈的反帝、反封建的群众运动。这时，苏静阅读了进步书籍，认识到，只有中国共产党的领导，推翻帝国主义和封建主义的反动统治，中国才有前途。当时，苏静与领导学生运动的王德、王占春有

四十九个昼夜

了来往，还参加了中国共产党领导的反帝大同盟，协助党组织开展有关工作。1931年，九一八事变之后，苏静因参加学生运动而遭到国民党当局的追捕，不得不到缅甸躲避。

另一个年轻人叫苏精诚，小名苏脚桶，1915年生于福建省海澄县虎渡村一个贫苦农民家庭。在亲友的接济下，苏精诚入虎渡小学念初小，后转入东山小学念高小，毕业后，苏精诚在老师和亲友的资助下，先后进入漳州的省立龙溪工业职业学校和厦门美术专科学校深造。学习期间，为了解决经济上的困难，他坚持半工半读，既当学生又当工友，替学校摇铃敲钟，起早摸黑地打扫卫生，打零杂，用自己辛勤劳动得到的微薄收入交纳学费，购买书籍。

苏静从缅甸回到厦门，与苏精诚在中山公园边上租住一间房子。两人志同道合，一起阅读进步书籍，探讨革命道理。当得知红军进漳的消息后，两人便私下商议，返回海澄家乡参加红军，实现多年来抵御外侮、报效祖国的夙愿。

他们搭船回到家乡，在短短的时间里，两个年轻人居然筹集了30多杆枪，组织家乡一批老同学和贫苦农民40多人，成立了一支游击队伍，并与邻近的红三军第十九团（驻漳浦县）、红四军第二十八团（驻海澄县）取得联系。这支新组建的游击队，接受红军的领导，以苏精诚为队长、苏静为政治委员，执行红军布置的宣传、筹款、带路以及翻译等任务。他们以卓港圩为驻地，指挥机构设在卓港圩的天主教堂内。

此时，红军驻防在九龙江支流南溪的北岸。而南溪南岸的

第十三章　扩红行动

浮宫、白水营和港尾一带尚为匪首吴赐部所盘踞。正当苏静、苏精诚带领游击队配合红军热火朝天地开展工作时，发生了一件意外的事：游击队被敌人包围在卓港圩。苏静、苏精诚考虑到敌我力量悬殊，带领余下的20多名游击队员撤往海澄县城。经驻海澄的红军二十八团介绍，又前往石码找到红四军军部。军部专门派汽车送他们到漳州闽南革命委员会主席王占春处报到（后来这支游击队中的多数人被编入新组建的闽南红三团）。苏静、苏精诚则被挑选出来编入由闽南革命委员会直接领导的宣传队，做演讲，写标语，画漫画。

罗荣桓听了邓子恢对两个年轻人的情况介绍后，高兴地说："一军团政治部正缺人手，你介绍的文化青年刚好派上用场，这两个年轻人都留在军团政治部吧！"

邓子恢对罗荣桓说："这两个年轻人就交给你啦！"

此时，邓子恢没有想到，他给红军送来了两个优秀人才。苏精诚后来担任八路军一二九师三八六旅政治部主任，在山西抗日前线同日本侵略者进行浴血奋战，牺牲在武乡县韩壁战斗中。而苏静则成了我军一名侦察英雄、共和国开国中将。

就在红军即将撤离漳州时，帮红军筹款理财的高捷成却突然失踪了。从此，"百川银庄"少了个出纳，红军多了一位金融专家。

关于他们的故事，我们后面还要讲述。

芝山红楼，毛泽东听取聂荣臻、罗荣桓、王海萍、邓子恢

四十九个昼夜

关于扩红和成立工农红军闽南独立第三团的汇报。

罗荣桓报告:"主席,在短短一个多月里,漳州城乡就有1500多人报名参加了红军,其中,有不少文化程度较高的年轻人,像高捷成、苏静、苏精诚、李子芳、李兆炳、汪慰农、肖达如。其中还有归国华侨呢!"

毛泽东高兴地说:"太好了,红军正需要人才呀!"

邓子恢汇报:"原在饶平、大埔、平和等县因参加暴动后失去联系,流落到漳州打工的200多位年轻人也向闽南党组织报到,要求参加红军。这200多人已编成饶和埔独立大队,下一步,准备编入红军第十二军第三十四师。还有,这段时间,漳浦以山城、龙岭为中心的西区,漳州南乡、北乡、石码、海澄等地的游击队、赤卫队也得到迅速扩大,游击队由原来的100多人发展到600多人,分为五个大队。"

罗荣桓说:"为了扩大闽南游击战争,巩固发展革命根据地,我们想在红军离开漳州之前,将这五个大队进行改编,正式成立工农红军闽南独立第三团。"

毛泽东说:"很好,这是红军攻克漳州后的又一个重要成果。中央红军要在人员和武器装备上对新成立的红三团给以支持,还有,要配齐配强红三团的领导。"

聂荣臻说:"主席,东路军总部作了研究,决定从这次扩红的1500多名红军战士中,留下600名加入红三团,并从红三军、红四军中抽调尹林平、张长水、陈桃庆等20多名军事干部加强红三团,拨出200多支步枪和部分子弹支援这支武装

第十三章 扩红行动

力量。"

王海萍报告："我和邓子恢同志商量，提议全团1000余人，在五个大队的基础上，编为五个连队，由漳州中心县委书记蔡协民兼任红三团总指挥，冯翼飞任团长，王占春任政委，尹林平任副团长，谢少平任政治部主任。连干部都是由有作战经验的同志担任。建议由邓子恢同志代表党组织去宣布。"

毛泽东眼里闪着光："好呀！从今以后，闽南根据地就有了自己的小红军，相信，这支武装力量将不断发展壮大，成为闽南革命斗争的中流砥柱。"

邓子恢问："主席，我立即赶赴漳浦宣布组建红三团，您还有什么吩咐吗？"

毛泽东想了想，提醒道："告诉蔡协民他们，东路军撤离漳州之后，张贞肯定会组织残部和反动民团对根据地进行反扑，一定要做好充分准备。"

后来的事实证明，毛泽东的提醒是很有预见性的。

1932年5月下旬，漳属各县的游击队、赤卫队集中于漳浦城郊马坑村新厝顶自然村陈氏祠堂，进行整编。党代表邓子恢宣布正式成立中国工农红军闽南独立第三团，并宣布了对红三团总指挥、团长、政委、副团长、政治部主任及连队干部的任命。

从此，这支传承中央红军基因的革命武装，在风雨如磐的战斗岁月，经受血与火的考验，在艰苦卓绝的闽南游击战争中，在浴血奋战的抗日战场上，谱写了新的英雄篇章。

四十九个昼夜

毛泽东率领红军东征漳州取得辉煌胜利，然而，却承受着来自临时中央的压力。早在1932年4月11日，苏区中央局委员项英就在上海向临时中央常委会报告了中央局在赣南会议前后的情况。常委们认为，中央苏区的领导脱离了布尔什维克的路线，毛泽东阻碍了共产国际和中央路线的执行，赣南会议认为批评毛泽东是"狭隘经验论"看来还远远不够，必须提到反对"机会主义"的路线高度。

1932年4月14日，红军东路军进军漳州途中，临时中央发出《为反对帝国主义进攻苏联瓜分中国给各苏区党部的信》，指示信重申"日本占领满洲是帝国主义新的瓜分中国的开始，是进攻苏联的具体的危险的步骤"，并说"反苏联战争的危险是箭在弦上"。信中说，国民党政府"正在积极地向着中国苏维埃与红军作全线的新的总进攻"。信中提出："扩大苏区，消灭国民党的武力，是给帝国主义的直接打击，是与帝国主义决战的准备，是民族革命战争胜利的先决条件，是真正的拥护苏联的革命斗争。"最后强调："右倾机会主义的危险是各个苏区党目前的主要危险。"显然，所谓"右倾机会主义"代表人物无疑是指毛泽东。

苏区中央局将临时中央四月指示信的精神电告正在漳州前线的毛泽东。毛泽东接到来电后认为，临时中央对形势的分析、党的任务的规定和对党内主要危险的判断，是同实际情况完全不符的。

周恩来也承受着极大压力。临时中央在之后的指示电中点

第十三章　扩红行动

名批评了周恩来："伍豪同志到苏区后，有些错误已经纠正，或部分的纠正，在某些工作上有相当的转变，但是未估计反苏战争的危险，未巩固无产阶级领导及加强工会工作，一切工作深入下层的彻底的转变，或者还未开始，或者没有达到必要的成绩。"指示电还特别重申，"目前应该采取积极的进攻的策略""夺取一二个中心城市，来发展革命的一省数省胜利"。

面对临时中央的指责，周恩来承担了责任，表示接受临时中央批评。

毛泽东则在1932年5月3日从漳州复电苏区中央局，阐明自己的态度。电文如下。

电悉。中央的政治估量和军事战略，完全是错误的。

第一，三次战争和日本出兵之后的中国统治势力，特别是蒋系，已经受到很大的打击，对于我们只能取守势防御的攻击，至于粤军亦是防御攻击性质。决不应夸大敌人力量，以为敌人还有像去年三次进攻给中央苏区以大摧残的可能，而且在战略上把自己错误起来，走入错误道路。

第二，在三次战争以后，我们的军事战略，大规模上决不应再采取防御式的内线作战战略，相反要采取进攻的外线作战战略。我们的任务是夺取中心城市实现一省胜利，似要以消灭敌人做前提。在现时的敌我形势下，均必须跳出敌人的圆围之外，采取进攻的外线作战，才能达到目的。此次东西两路军的行动完全是正确的。东路军深入漳州决不是主要为着筹款，西路军的分出也没有破坏集中的原则。我们已跳出敌人的圆围之

四十九个昼夜

外,突破了敌人的东西两面,因而其南北两面也就受到我们极大威胁,不得不移转其向中区的目标,向着我东西两路军行动。我西路军今后应采取完全主动的动作,用各种方法调动敌人,集中兵力打他弱点,各个消灭敌人,达到全局胜利。东路军今后的任务,是要坚决的打击粤敌……

毛泽东在复电中,明确表明:"中央的政治估量和军事战略,完全是错误的。"强调"夺取中心城市实现一省胜利"要以"消灭敌人做前提"。"在现时敌我形势和我军给养条件下,均必须跳出敌人的包围之外,采取进攻的外线作战,才能达到目的。"这体现了毛泽东坚持真理的勇气和韧劲。

毛泽东意识到,他和王明"左"倾教条主义错误的斗争还将继续。

南昌,国民党军赣粤闽边区"围剿"军司令何应钦按照蒋介石旨意,调集粤军侵占赣南西部大片地区,使赣南革命根据地受到严重威胁。

漳州方向,国民党"中央军事委员会"急电江西行营主任朱绍良,粤军总指挥陈济棠,速速派兵驰援。朱绍良部之许克祥师由赣入闽,开入闽西;粤军第三军李明扬部之黄任寰师由上杭永定武平推进长汀;张瑞贵师进抵龙岩城外;黄质文师亦由蕉岭入闽,分两路进逼漳州。

国民党福建《民国日报》报道:闽粤军三路夹攻漳州。驻平和之粤军黄质文部,以十五团兵力,越松柏关,取道琯

第十三章 扩红行动

璋山,直入永丰,攻漳州之左;张贞部由漳浦出横城口,攻中路;闽省保安一旅旅长陈国辉属下陈坤等部,由韩辉荣指挥,自同安出角美,攻漳州之右。各路兵力:(一)粤军十五团,兵力在15000人以上,配有飞机一队,已飞漳州侦察,与张贞部约定27日前,大举进击。(二)陈国辉旅约3000人,含陈坤、李照云等部,在4000人以上,所有枪械,皆是最近由德国购到者。(三)张贞部在3000人以上,枪械备足。

另报道:蒋炎旅准备开援,由清流归化前进,卢(兴邦)师拟出永安,与刘部粤军,及朱绍良所部之许克祥师,会师闽西,兼断漳残赤后路……

为统筹各方,国民党福建省代主席方声涛,亲赴泉厦,指挥"剿赤"军事。此外,国民党海军部部长陈绍宽,也致电第一舰队司令陈季良,令驻厦各军舰分泊嵩屿、石码、海澄各要港,并做各种军事准备,俟陆军到达后,即向进漳红军发动攻击。现驻厦"楚有""楚泰"等4舰,已奉命准备一切,并升火待命。同时,海军部下令,委托前海军陆战队旅长林寿国为陆战队"剿赤"指挥官,在陆队中抽调一部,归其指挥。驻在莆仙之戴启熊、林继曾部亦准拨归该指挥官节制。厦门航空处处长陈文麟驾"鹭江号"飞机赴广州求援,粤空军主任张惠长已允派航空第5中队,计6架飞机,全数抵汕头。俟厦门飞机场布置就绪,即可飞厦参战。

国民党福建《民国日报》的报道,显然有虚张声势的成

四十九个昼夜

分，但也在一定程度上反映了当时的军事态势。

5月25日，国民党《中央日报》、上海《申报》、福建《民国日报》等报纸以显著标题报道："中央军事委员会，蒋介石委员长，特令蔡廷锴率十九路军入闽，剿除赤匪。"此报道一出，全国一片哗然。

"达令，这几天的报纸都看了吗？"南京美龄宫，宋美龄手攥报纸问蒋介石。

"看了，夫人怎么问起这个？"

"第十九路军在上海奋起抗战，得到全国各界的支持。而《淞沪停战协定》刚签，就将十九路军从上海调往福建，我担心舆论对你不利呀！"

"夫人多虑了，此举乃一石三鸟。"

"一石三鸟？"

蒋介石说："第十九路军撤防，是写进《淞沪停战协定》的，日军对十九路军在淞沪战场的抗战，耿耿于怀，把十九路军调离上海，可平息日方的怨气，缓解我与日方的关系，此其一。十九路军非我嫡系，存有异心，借此将十九路军调离军畿重地，可免除后患，此其二。让主张抗日的十九路军和喊着抗日的共军去打硬仗，可消耗双方实力，此其三。这就是政治。夫人你知道，我是从来主张'三分军事、七分政治'的。"

毛泽东意识到，红军很快就要撤离漳州了。他在罗荣桓的

第十三章　扩红行动

陪同下，登临芝山。

毛泽东站在"仰止亭"前，俯瞰带着宋城古韵和浓郁闽南风情的漳州古城，绕城而过向东流向台湾海峡的九龙江，延绵起伏的龙眼、荔枝树林，感慨地说："我们不能忘记这方热土、这座城市、这里的人民啊！"

罗荣桓深有感触："主席说得是，没有漳州人民的鼎力支持，就不可能有漳州战役的完胜，我们在漳的扩红、筹款和小苏区建设也不可能进行得这样顺利。"

毛泽东把目光慢慢投向西边，凝视着远处的天宝大山，说："我们也不能忘记在漳州战役中英勇牺牲，长眠于天宝大山的红军战士啊！"

毛泽东是填词高手，漳州战役行动计划的实施，仿佛是他从容填写的一阕精彩绝伦而又跌宕起伏的词。

杨成武将军在回忆当年这场战役时深有感触地说："在毛泽东亲自指挥下进行的漳州战役，是一次打得痛快淋漓、干脆利索的战役，是一场凝结着老一辈无产阶级革命家和广大指战员智慧与心血的胜利之战，她冲破国民党反动派的'围剿'，冲破'左'倾冒险主义的束缚，有着深远的意义。"

漳州战役，充分展现了毛泽东卓越的军事指挥才能与非凡胆识。

在战略方针上，毛泽东高瞻远瞩，正确地分析当时的政治形势、敌我态势，从巩固和发展中央苏区的全局利益出发，面

四十九个昼夜

对广东军阀步步进逼苏区的严峻形势,果敢地实践"主动打出外线""跳出敌人包围圈"的方针,使得红军在战争中争得主动,牵制了敌人,从而有效地保卫了苏区根据地。

在作战对象的选择上,毛泽东运用"捡弱的打"的军事原则,不与强敌硬碰,击敌弱处,不打则已,打则必胜。聂荣臻回忆道:打赣州,没有打下来,吃了个大苦头。打漳州,打下来了,吃了一个甜头。两者相距一个多月。两相比较,究其原因,赣州,是敌人的强点,又有国民党大部队增援,再加上我们侦察警戒疏忽,所以吃了亏,毛泽东一开始就不主张打。漳州,是敌人的薄弱点,毛泽东就赞成我们打,并且亲自指挥我们打,取得了胜利。所以,选择敌人的弱点打,应该是我们处于劣势的部队绝对要遵守的一个军事原则。

在作战方法上,采用外线速决的运动战。毛泽东认为:"战役和战斗的原则,不是持久,而是速决。"打敌军"中间的一个,如果不能迅速解决战斗,其余各个就都来了"。在整个战役中,我军行动迅速,使敌人来不及组织充分的防御,体现了"快、猛"的战斗作风,快速歼龙岩、漳州守敌于不备之中。红军消灭考塘守敌、攻入龙岩城只用一天时间。突破敌天宝大山防线,消灭张贞四十九师主力,也只用一天时间。战斗速战速决,打得痛快淋漓、干脆利落。与此同时,集中优势兵力、机智灵活、"示形惑敌"等军事谋略也在战役中得到很好的运用。

在战力资源的依托上,毛泽东始终将军事行动建立于人民

第十三章　扩红行动

战争基础之上。在攻打龙岩、漳州之前，正是依靠人民群众的大力支持，才做到严密封锁消息，加紧赤色戒严，"乱敌探耳目"，使敌人成为聋子、瞎子；正是苏区群众节衣缩食，每人自愿节省三升米便宜卖给红军，才解决红军东征漳州粮食极度紧缺问题。在进军天宝大山途中，正是当地群众奋不顾身，带着部队顺利渡过湍急的永丰溪，按时抵达作战位置。在天宝大山激战中，是内洞村民冒着生命危险为红军带路，实施对十字岭守敌的夹击，是群众踊跃支前，冒着敌人的炮火，从火线救下红军伤员。红军攻克漳州后，又是漳州、龙岩两地的群众靠着车轮和肩膀的接力，把缴获和筹集的大量物资运往中央苏区。漳州战役的胜利，印证了一个真理：战争的伟力之最深厚根源，存在于民众之中。

毛泽东率领红军攻克漳州，和王明"左"倾教条主义提出的攻打中心城市有着根本的区别。攻克漳州，不是为了"武装保卫苏联"，"争取革命在一省或数省首先胜利"，而是为了调动敌人，打击敌人，缓解中央苏区的压力；不是为了长期占领漳州，而是通过宣传抗日扩大红军的政治影响，通过筹款为中央苏区巩固和发展提供物质基础，通过扩红壮大红军队伍；不是不顾实际，与强敌硬碰硬，打消耗战、无把握之战，而是经过深入调查研究，"捡弱的打"，并运用正确的军事谋略，"打得痛快淋漓、干脆利索"。

1961年11月，时任解放军南京军区副司令的郭化若瞻仰了芝山红楼后，写下一首诗，抒发了对漳州战役的感怀：

四十九个昼夜

赣州撤后取漳州,
妙计神兵顽敌愁。
转劣为胜凭并力,
示形造势运奇谋。
人民战法空前古,
革命韬铃独一筹。
卅载红旗光大地,
东风万里唱同仇。

中央红军东路军1932年4月20日进入漳州城,5月28日接到中革军委命令,开始有计划主动撤离漳州,到6月8日全部回师中央苏区,红军占领漳州49天。

这49个日日夜夜,红军在消灭张贞主力部队之后,乘胜追击,清除在龙溪、海澄、漳浦、南靖的残敌,在闽南打下一片解放区的天,展现了红军是一支英勇顽强的胜利之师。

这49个日日夜夜,红军分兵发动群众,广泛深入宣传党的抗日主张,播撒抗日救亡火种,深得民心,从而向闽南各界展现了红军是一支为中华民族求解放的抗日之师。

这49个日日夜夜,红军严守"三大纪律八项注意",严守入城纪律。红军战士宁可住祠堂,住庙宇,住教堂,甚至风餐露宿,也不愿扰民,用实际行动证明红军是一支有着铁的纪律的文明之师。

这49个日日夜夜,红军在漳打土豪,烧地契,分田地,开仓放粮,发展壮大地方革命武装,建设赤色政权,和人民群

第十三章　扩红行动

众建立鱼水情，展现了红军是一支为解救劳苦大众而战的正义之师。

从此，漳州百姓有了主心骨，他们的心和红军紧紧连在一起。漳州这座古城，也因1932年的49个昼夜而打上红色烙印，载入光荣的史册。

周恩来从上海到中央苏区后，首先经历的就是赣州大挫和漳州大捷，两场战役的鲜明对比，使周恩来和红军高级将领加深了对毛泽东非凡军事才能的了解。

第十四章　走向辉煌

　　山重水复。宁都会议，毛泽东被迫离开红军。遵义会议，增选毛泽东为中央政治局常委，事实上确立了毛泽东在党中央和红军的领导地位。四次反"围剿"和漳州战役的胜利，为遵义会议作了重要铺垫。

　　中央红军撤离漳州后到达闽西。1932年6月8日，毛泽东在上杭官庄出席东路军总司令部召开的军事会议，总结漳州战役经验，决定红一军团、红五军团经广东梅县回师赣南，与红三军团会合，打击进攻赣南的粤军。
　　东路军回师中央苏区后，编制作了调整，恢复红一方面军总部，仍辖红一军团、红三军团、红五军团这三个军团，由朱德兼任总司令、王稼祥兼任总政治部主任。毛泽东仍以临时中央政府主席身份随红一方面军总部行动。
　　6月9日，蒋介石在庐山召开湘、鄂、皖、赣五省会议，部署对苏区发动新的"围剿"。
　　撤离漳州转战赣南前线的红一方面军，组织了南雄、水口

第十四章 走向辉煌

战役。7月上旬在赣南、粤北的南雄、水口等地击溃粤军15个团，使入侵赣南的粤军退回南雄。聂荣臻后来说："粤敌经过这次教训，全部退出赣南根据地，以后很长时间未敢轻举妄动，使我赣南根据地得以安定了一段时间，这对于我们尔后的北线作战是很有利的。"但这次战役由于兵力不够集中，没能大量地歼灭敌人，红军自身的伤亡也相当大，只打成一个击溃战。

周恩来认识到，大战在即，红军离不开毛泽东。鉴于在后方的苏区中央局成员提议由周恩来兼任红一方面军总政委，7月25日，周恩来、朱德、王稼祥联名致电中央局："我们认为，为前方作战指挥便利起见，以取消政府主席一级，改设总政治委员为妥，即以毛任总政委，作战指挥权属总司令、总政委，作战计划与决定权属中革军委，关于行动方针中央局代表有决定权，会议只限于军委会议。"

7月29日，周恩来致信中央局，针对中央局仍坚持由他兼任红一方面军总政委作进一步陈说，这将"弄得多头指挥，而且使政府主席将无事可做"，"泽东的经验与长处，还须尽量使他发展而督促他改正错误"。信中坚持由毛泽东任红一方面军总政委，强调"有泽东负责，可能指挥适宜"。

终于，在周恩来、朱德等力争之下，8月8日，经苏区中央局同意，由中革军委正式发布命令，任毛泽东为红一方面军总政委。然而，这一职务毛泽东才担任两个月，就又被免去了。

由于后方的中央局领导成员与前方的中央局领导成员之

四十九个昼夜

间在作战方针上产生严重分歧,苏区中央局于10月3日至8日间,在宁都城北的小源村"榜山翁祠"召开全体会议,史称"宁都会议"。

出席会议的有在后方的任弼时、项英、顾作霖、邓发,有在前方的周恩来、毛泽东、朱德、王稼祥,列席的有刘伯承。会上展开了激烈的争论。会议没有留下记录,用《苏区中央局宁都会议经过简报》上的话来说,是"开展了中央局从未有过的反倾向的斗争"。

会上,后方的领导人依仗上海临时中央的指示信和指示电,批评前方"表现对革命胜利与红军力量估量不足","有以准备为中心的观念,泽东表现最多"。后方领导为了否定毛泽东,将红军攻打赣州和漳州两次战役的成败得失颠倒过来,认为攻打赣州"依据当时的情况是绝对需要的",并非战略和战役方针有错,赣州之所以久攻不下,"惟因对敌必坚守中心城市的估计不足,遂未坚决布置",加以"爆炸技术有缺点,致未能攻城而撤围"。相反,"进占漳州虽获胜利,有很大的政治影响,但来往延缓了北上的任务之实现"。指责毛泽东对"夺取中心城市"方针的"消极怠工",是"上山主义""东北路线",把他提出的"诱敌深入"方针,指责为"守株待兔""专去等待敌人进攻的右倾主要危险",把毛泽东5月3日复电中对临时中央的反批评斥为"不尊重党领导机关与组织观念的错误"。

毛泽东据理据实予以反驳,但这次会上,他还是成了

第十四章 走向辉煌

少数。

有人提出把毛泽东召回后方,专负中央政府工作责任,由周恩来负战争领导的总责。周恩来在发言中指出,后方对毛泽东的批评过分,不同意把毛泽东调回后方,认为"泽东积年的经验多偏于作战,他的兴趣亦在主持战争","如在前方则可吸引他贡献不少意见,对战争有帮助",坚持主张毛泽东留在前方,并提出可供选择的两种方案:"一种是由我负主持战争全责,泽东仍留前方助理;另一种是泽东负指挥战争全责,我负监督行动方针的执行。"朱德、王稼祥也不同意毛泽东离开红军领导岗位。但多数与会者认为毛泽东"承认与了解错误不够,如他主持战争,在政治与行动上容易发生错误",不赞成由他"负指挥战争全责"。会议最后通过周恩来提议中的毛泽东"仍留前方助理"的意见,同时批准毛泽东"暂时请病假,必要时到前方"。

会后,毛泽东被迫离开红军,到长汀福音医院疗养。周恩来到毛泽东住处送别。此时,再次身处逆境的毛泽东心情是压抑和沉重的,然而,他依然牵挂着红军的命运,对周恩来表示:"前方军事急需,何时电召便何时来。"

周恩来眼睛湿润了,他被毛泽东的博大胸怀深深感动,从心底更加敬重毛泽东。

宁都会议期间,临时中央常委会10月6日在上海开会讨论苏区中央局的问题。博古在指责毛泽东的同时也批评了周恩来:"分散工作的观点,我是坚决反对的。在这里泽东又表现

四十九个昼夜

他一贯的观念,同时伍豪不能将自己正确路线与自己的权威与之作坚决斗争……","我以为应该做坚决的斗争,但不一定指出泽东名字,而与他的倾向在党内作积极的斗争,这因为要估计到泽东在苏区红军中的威信"。

会议决定将毛泽东调回后方做苏维埃工作,并立即给苏区中央局去电。

苏区中央局接到临时中央这个指示电时,毛泽东已离开前线回后方。留在宁都的中央局委员继续开会,根据临时中央来电,决定毛泽东回后方主持临时中央政府工作,红一方面军总政治委员一职由周恩来代理。10月26日,临时中央又正式任命周恩来兼任红一方面军总政治委员。

得知毛泽东被调离红军,蒋介石大喜,亲自兼任赣粤闽边区"围剿"军总司令,调集30多个师近40万的兵力,组织对中央苏区的第四次"围剿"。其部署是:以第十八军军长陈诚指挥的蒋介石嫡系部队12个师约70个团16万人为中路军,编成三个纵队,担任主攻任务;蔡廷锴指挥的第十九路军和驻福建省部队共六个师又一个旅为左路军;粤军第一军军长余汉谋指挥的广东省部队六个师又一个旅为右路军,分别担任福建和赣南、粤北地区的"清剿",并策应中路军行动;第二十三师为总预备队,另有四个师又两个旅分布在南城、南丰、乐安、崇仁、永丰等地担任守备,第三、第四航空队以南昌为基地,支援作战。蒋介石决定采取"分进合击"的方针,企图

第十四章　走向辉煌

将红一方面军主力歼灭于黎川、建宁地区。

然而，这一次蒋介石又失算了。

尽管此时毛泽东已被临时中央排挤，离开红军的领导岗位，红军在周恩来、朱德的领导下，仍然根据毛泽东离开部队前共同制定的正确战略思想，运用前三次反"围剿"和漳州战役的成功经验，采取声东击西，佯攻丰南，大兵团伏击和集中优势兵力坚决围歼敌人的作战方针，共歼国民党军近三个师，俘1万余人，缴枪1万余支，取得了第四次反"围剿"的胜利。

蒋介石没有消停，1933年下半年，发动对革命根据地的第五次"围剿"，调集100万军队向各地红军进攻，其中50万军队向中央革命根据地发动进攻。这一回，蒋介石得手了。

博古把军事指挥权交给共产国际派来的军事顾问李德。军事情报员出身的李德不懂军事，更不了解中国实际情况，搬用正规的阵地战经验，主张"御敌于国门之外"，进攻受挫后，又采取消极的战略方针和"短促突击"战术，同装备优良的敌人打阵地战、堡垒战。由于战略战术的失误，使红军遭受重大损失。彭德怀当面痛斥李德"崽卖爷田不心痛！"

1934年9月上旬，国民党军队加紧对中央革命根据地腹地发动进攻，红军已无在原地扭转战局的可能。10月，中共中央、中革军委率中央红军主力8.6万多人，踏上战略转移的漫漫征程，开始了世界历史上前所未有的壮举。

四十九个昼夜

原来推行"左"倾错误的中央领导人，在实行这次突围和战略转移的时候，又犯了退却中的逃跑主义错误。在突破国民党军第四道封锁线湘江时，红军在国民党湘军和桂军的夹击下，付出了极大代价，由长征出发时的8.6万多人锐减到3万多人。

湘江战役后，中央政治局根据毛泽东的建议，放弃红军到湘西北同红二军团、红六军团会合的计划，改向贵州北部进军。1935年1月，党中央在贵州遵义召开政治局扩大会议，集中解决当时具有决定意义的军事和组织问题。会议增选毛泽东为中央政治局常委，进入中央领导核心。遵义会议是党的历史上一个生死攸关的转折点。这次会议在红军第五次反"围剿"失败和长征初期严重受挫的历史关头召开，事实上确立了毛泽东在党中央和红军的领导地位，开始确立了以毛泽东为主要代表的马克思主义正确路线在党中央的领导地位，开始形成以毛泽东为核心的党的第一代中央领导集体，开启了党独立自主解决中国革命实际问题的新阶段，在最危急关头挽救了党、挽救了红军、挽救了中国革命。

关键时刻，周恩来、朱德、张闻天、陈云、王稼祥、刘少奇和红军高级将领给予毛泽东有力支持，这种支持，是建立在血与火的战争实践考验基础上的，这其中包括四次反"围剿"的胜利和漳州战役的完胜。

第十五章　后续故事

在漳州"消失"的高捷成,出现在瑞金。冀南银行行长。一封家书。走过三遍长征路的侦察参谋。聂荣臻说:"红军过草地,苏静同志在前面开路是有功的。"红三团,车本战斗。漳浦事件。野火烧不尽,春风吹又生。重返十字岭。

1932年,在漳州参加中央红军的900名龙江儿女,在革命的道路上,赴汤蹈火,谱写了壮烈的篇章。他们当中,有的牺牲在突破国民党军"围剿"的战斗中,有的牺牲在长征路上,有的牺牲在抗日战场,有的牺牲在新中国成立前夕,幸存者只有十几个人。他们的名字和事迹,将永远载入红军的英雄史册和精神谱系。这里,讲述其中两个人的故事,一个是党的金融事业奠基者高捷成,一个是侦察英雄苏静。

红军进漳期间,是高捷成最为繁忙也是最为开心的日子。他帮助红军筹款,经办的财务清清楚楚,井井有条。他还四处奔走,帮助红军筹集了大批急需物资。高捷成的突出表现和理财能力引起中华苏维埃共和国国家银行行长毛泽民的关注,红

四十九个昼夜

军太需要这样的人才了。

红军撤离漳州前夕,毛泽民诚邀高捷成参加红军,到瑞金协助他理财。

一天晚上,高捷成没有回家,约堂弟高渭南来到九龙江畔。两人漫步在河滩上。江面上,一样的月光,一样的渔火。只是,漂荡在江上悠扬的大广弦弦音换成了甜美的锦歌弹唱。

"渭南,红军就要撤离漳州返回中央苏区了,我已下定决心跟着红军走。"

"你想参加红军?"

"是的。其实,自红军进漳那一天我就有这个念头了。"

"太好了,只是……你结婚刚一年多,儿子高德胜才出生三个月,这事你和蔡宝阿嫂(高捷成的妻子)商量过了吗?"

"我多想再回一趟家,和父亲、蔡宝告个别,抱抱儿子,亲一亲那可爱的小脸庞啊!可我不能,我怕这一回去,就走不成了。"高捷成望着江水,眼眶湿润了。

"那,你终究得让家人知道你去哪里呀!"

高捷成拿出一封信交给高渭南,说:"我的话都写在这里面。我明天就走了,等我走后,你把信交给宗叔高开国,再由宗叔转告父亲高添木。告诉他们,对外就说我失踪了。"

"捷成哥,这些年多亏你那两万多元,帮助游击队解决了药品、给养问题。可你动用'百川银庄'的这笔款子怎么办?你宗叔高开国虽是银庄经理,可银庄还有其他股东呀!"

第十五章 后续故事

"你放心，我会跟宗叔说清楚的。等革命胜利了，我会连本带利如数偿还的。"

"捷成哥，你是大学生，有一个温馨的家庭，还有在银庄一份稳定收入的职业，可你宁愿冒着生命危险支持游击队，现在，又抛妻别子，参加红军，能告诉我，这是为了什么吗？"

"为了什么，救国才能顾家，没有国，哪有家呀！你和占春哥不也是这样想的吗？这些年来，我一直在探寻救国的道路，参加过北伐军，上过大学，在漳州、上海参加地下党领导的革命斗争，两次被捕，我坚信，只有中国共产党才能为中国带来光明。特别是这段时间，我对红军有了更深入的了解，我下决心跟定这支队伍了。"

"捷成哥，你一定要平安回来。"

"跟你说句心里话，我这次参加红军，已做好回不来的思想准备了。我在信中已告诉家人，'我要和你们离别了，或者是永远离别了，我不挂念家庭，希望家庭也无须挂念于我！'这是我从戎的决心，也是救国抗战为国牺牲的立志啊！"

高渭南感动地说："捷成哥，我知道你的心。你是为国舍家，道是无情却有情啊！"

高添木接到高渭南转来的信后，赶忙派店中的伙计去找自己的儿子，伙计们在漳州城找了半天，回来都说没有找到。蔡宝急坏了，抱着才三个月的儿子，直奔高捷成常去的打锡巷的商会，可见不到一个人，又来到龙溪中学"干之楼"，已是人

四十九个昼夜

高捷成

去楼空,原来站在楼前站岗的红军战士也不见了。经打听,才知道红军已经在漳州西校场集结,准备开拔了。蔡宝心急如焚,连忙赶到西校场,那儿已站满准备撤离的红军战士。蔡宝在西校场人海中一遍遍地寻找丈夫,一直找到天黑,仍然找不着。蔡宝不知道,此时高捷成已随红一军团走在前往中央苏区的路上了。高捷成参加红军后,蔡宝含辛茹苦把孩子抚养长大,令人惋惜的是,孩子于20世纪50年代患病离世。

在漳州消失的高捷成,很快出现在瑞金。在这里,高捷成进入红军大学学习,同年5月,加入中国共产党。他参加了第四、第五次反"围剿",历任宣传队长、总务处长、教育科长、组织科长、会计科长等职。高捷成在担任会计科长时,协助中央苏区第一任银行行长毛泽民草拟了经济计划,亲自刻画货币印鉴,筹划银行组织工作,首创了全军会计工作制度,成为毛泽民的得力助手。

红军长征,高捷成被编入红军中央纵队第15大队,这是一支神秘的部队,不打仗,却受到极其严密的保护。高捷成掌管的是100多副扁担,扁担挑的是150斤黄金和840斤白银。

第十五章　后续故事

他带着这支肩负特殊使命的部队，冲破敌人的围追堵截，于1935年10月到达陕北革命根据地延安。

1937年七七事变后，抗日战争全面爆发，高捷成随八路军一二九师赴冀南敌后建立抗日根据地。1938年9月，成为首任冀南税务总局局长、晋冀鲁豫财经处长。

在中国人民的英勇抗击下，日本帝国主义"速战速决"的美梦破灭，日军实行"以战养战"策略，以滥发伪币为武器，疯狂地对中国进行经济掠夺。同时，敌人又对抗日根据地实行严密的经济封锁，如果不采取有效办法，一旦根据地的军需民食得不到保证，后果不堪设想。

八路军总部和中共中央北方局作出决定，迅速成立冀南银行。1939年秋，冀南银行总行在山西黎城小寨村成立，高捷成担任首任行长，不久又兼任了银行的政治委员。冀南银行对外保密，公开称八路军工作团，首长均以数字为代号，高捷成为"7号"。高捷成不负使命，在太行山建立了4个印钞所和2个厂部，和前来"扫荡"的敌人在太行山"躲猫猫"，做到敌人来前三小时全部坚壁清野，敌人走后三小时全部配套生产。在高捷成的不懈努力下，迅速建立了统一的冀南票市场，肃清了敌伪钞，稳定了物价。由于冀钞信誉高，流通范围逐步扩大到太行、晋冀鲁豫边区及黄河以南地区，成为将近200个县市4000多万人口使用的法定通用货币，有力地支持了持久抗战。

在银行创建过程中，高捷成还培养了一支经过战争考验的

四十九个昼夜

金融干部队伍，并建立起一套银行管理制度和会计制度，为边区的财经工作奠定了基础。

面对日寇频繁的"扫荡"，位于黎城宽嶂山的印钞基地由八路军总部特务团三营负责守卫，冀南银行是日军"扫荡"的重要目标。危险正在向高捷成步步逼近。

1943年5月，日寇再次对太行山发动大规模"扫荡"。5月5日，高捷成正在黎城小寨村冀南银行发行处召开会议，得到敌人出动的消息后，他立即布置发行处主任梁绍彭带领该处人员做好转移工作；命令材料科科长郭蕙亭带领科内工作人员就近上宽嶂山材料保管处留守。高捷成临行前，将一把简易躺椅交给材料科工作人员齐登五，笑着说："要藏好，可别给我丢了噢！"

随后，高捷成带着警卫员赶回设在涉县索堡的冀南银行总行。在部署完反"扫荡"工作后，他带领身边6名总行人员和一个警卫班向冀西转移。到达白岸镇附近的印钞材料保管点时，这里的负责人林厚德向高捷成建议："敌人已经逼近，情况紧急，总行的同志留下就地打游击吧！"

高捷成说："附近还有分行的同志没有转移，机器也需要坚壁清野，我得赶去检查一下。"

5月13日傍晚，高捷成一行途经河北内丘县白鹿角村。原住在这里的边区政府工作人员因得知有汉奸告密，已经撤离，对此高捷成并不知情。见天色已晚，雨又下个不停，高捷成一行就借宿在村里百姓家中。

第十五章　后续故事

次日凌晨，天还下着雨，日军从百里之外奔袭白鹿角村。当高捷成发现有敌情时，敌人已经堵住村子出口。经过一番激战，高捷成带着大家冲出村外。这时，高捷成发现警卫员没能跟上来，便又返回村里寻找，被敌人的子弹击中腹部，负了重伤。电话员周正云急忙返身冲到高捷成跟前，背起他往村外的山上跑。由于周正云身背电话机，又背着一个人，行走十分吃力。子弹呼啸着从身旁飞过，情况万分紧急。

高捷成对周正云说："快把我放下，带上我的挎包赶紧突围。"

周正云执拗地说："行长，我不能丢下你，要死咱们死在一起！"

"不要管我，保住文件要紧！"高捷成强忍住伤痛，用低沉的充满感情的声音对周正云说："我挎包里都是党的重要文件，一定不能落在敌人手里。"

周正云哭着，坚持要背高捷成突围。高捷成生气了，严厉命令道："你要立即突围，把文件和枪拿走。一定要保住文件，这比什么都重要，不要管我！"说完，他用尽最后的力气，从周正云身上挣脱下来。

这时，敌人从后面哇哇乱叫着扑上来。周正云只得流着眼泪告别了高捷成，带着文件迅速翻过了山头。高捷成却在敌人的刺刀下英勇牺牲了。

高捷成牺牲的噩耗，当晚便传遍了根据地。八路军一二九师政委邓小平得知消息，沉痛地说："捷成同志牺牲了，这是

四十九个昼夜

一个很大的损失！"

1951年，时任政务院内务部部长的谢觉哉专程来到漳州，寻访高捷成的妻子蔡宝。得知高捷成的死讯后，这位善良本分的女人失声痛哭。

谢觉哉向蔡宝表达了党和政府的亲切慰问，并寻问家中是否保留高捷成生前物品。蔡宝找出了高捷成1937年4月10日在延安写的一封家书。

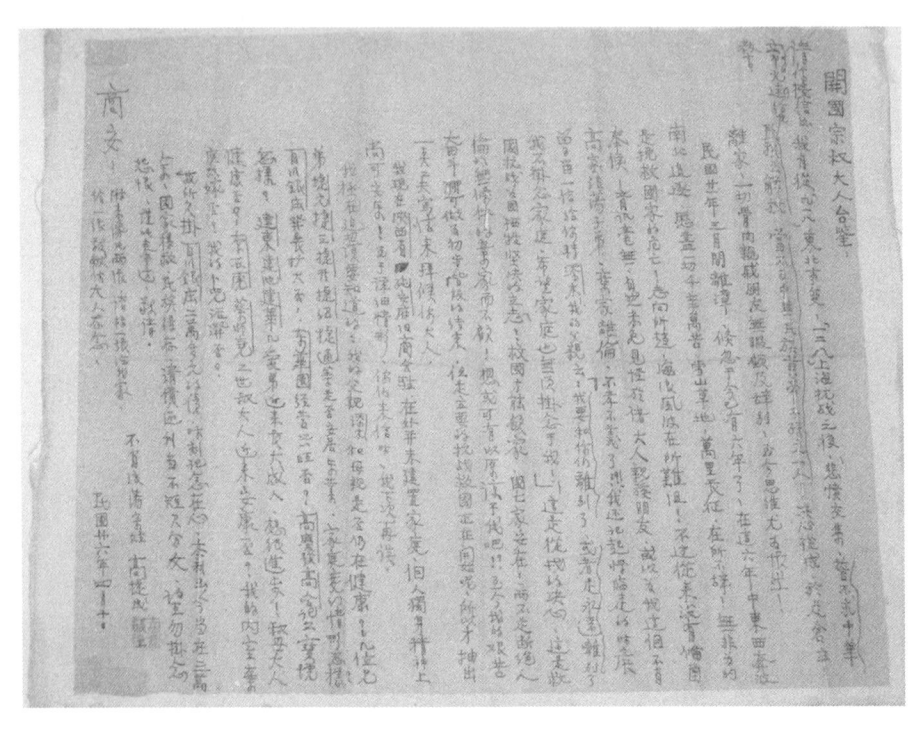

高捷成家书手迹

谢觉哉阅读这封家书时，不禁潸然泪下，一位抗日英烈的强烈家国情怀跃然纸上。信是寄给其宗叔高开国的。

第十五章　后续故事

开国宗叔大人台鉴：

我自从"九一八"东北事变，"一二八"上海抗战之后，悲愤交集，誓不求中华民族之解放，当不为中华民族黄帝子孙之一人！决心从戎，于是仓促离家，一切骨肉亲戚朋友无暇顾及辞别，至今思维尤为怅然！

民国廿一年三月间离漳，倏忽至今已有六年了，在这六年中东西奔波南北追逐，历尽一切千辛万苦，雪山草地，万里长征，在所不辞！无非为的是挽救国家的危亡！志向所趋，海浪风波在所难阻！不过从来没有备函奉候，音讯毫无，自然未免见怪于诸大人亲族朋友，或以为我这个不肖高家浪荡子弟，弃家离伦，不孝不义了？！我还记起将临走的时候曾留一信给你转添木我的父亲云："我要和你们离别了，或者是永远离别了，我不挂念家庭，希望家庭也无须挂念于我！"这是从戎的决心，这是救国抗战为国牺牲坚决的立志！救国才能顾家，国亡家安在！而不是断绝人伦的无条件的弃家而不顾！想或可有以原谅予我吧！？至今我的艰苦奋斗聊可作为初步阶段的结束，但是主要的抗战救国正在开始呢，所以才抽出一点工夫写信来拜候你大人。

我现在陕西省延安府旧商会驻[住]，在外并未建置家庭，个人独身精神上尚可安乐！至于详细情形，你们来信时，我下次再谈。

我极在迫切须要知道的：我的父亲添木和母亲是否仍在健康？几位兄弟捷元、捷三、捷开、捷绍、捷通等是否安居乐

四十九个昼夜

业,家庭变幻情形怎样?百川银庄发展扩大否?东华园经营兴旺否?高庆号、高合记二宝号怎样?建东、建池、建华几爱弟近来长大成人,想很进步!叔母大人健康否?李石虎、蔡师尧二世叔大人近来安康否?我的内室弃庭改嫁否?我的小儿活泼否?

我所欠挂百川银庄二万多元的债,时刻记念在心,本利至今当在三万余。国家得救,民族得存,清债还利当不短欠分文,望勿挂念、怨恨,谨此奉达!

敬请商安!

附像片二张,请转一张给我家,给一张敬献你大人。勿念。

不肖浪荡宗侄高捷成敬上

民国廿六年四月十日

在高捷成带领扁担队挑着150斤黄金和840斤白银爬雪山、过草地的时候,苏静作为红一军团的侦察参谋,则成了红军长征的开路先锋。

红军爬雪山、过草地,经过的地方大多人迹罕至,饥饿、疾病、疲劳常常使得红军指战员的体力达到极限。对军情、民情、地形的不熟悉,敌人的一再围追堵截,无疑让红军危机四伏。苏静的重要任务之一,就是为整个军团探路。部队行军打仗每到一地,别人都可以住下休息,苏静却要立刻带上侦察员出发,向军团首长确定的下一站目的地沿路侦察。侦察工作十分危险,大部分时间或是行走在高山大川之中,或是在伸手不见五指的黑夜里潜伏,毒蛇猛兽随处可遇,有时甚至会遭到

第十五章　后续故事

土匪民团的袭击骚扰。每一次侦察回来,苏静必须立即分析汇总,并发挥他在厦门美术专科学校学习的专科特长,连夜把地形地貌、道路桥梁绘制成行军路线图。第二天天没亮,便要将行军路线图交给毛泽东并报告当天的行军路线。长期下来,苏静为中央红军绘制的路线图达数百张之多,仅存的几张至今仍珍藏在中国历史博物馆。

聂荣臻在回忆录中提道:"红军过草地,苏静同志在前面开路是有功的。"

事实上,别人走了一遍的长征路,苏静要先侦察走个来回,再跟着走一趟,走的路程是别人的三倍。

除了当好开路先锋以外,苏静利用在缅甸教书时学过的照相技术,拍摄了红军活动的一批珍贵历史资料;还利用自己的文化知识和观察能力,解决部队在行军作战中碰到的难题。红军长征一路走来,敌人的飞机就像赶不走的苍蝇,天天在红军行军队伍的上空盘旋、轰炸、扫射,给红军带来不少伤亡。如何才能把敌人空袭的损失降到最低限度?细心的苏静开始观察敌机的行动规律,总结出躲避炸弹的经验并告诉战友们,对减少部队伤亡起了不小的作用。

全面抗战爆发后,红一军团

苏　静

四十九个昼夜

改编成一一五师，许多将领都要降一两级以上使用，而苏静却被提升为侦察科科长，参加了平型关战役、陆房突围等重要战役，参与领导了山东抗日根据地的政治保卫和治安工作。

1938年2月的一天，第二战区副司令卫立煌带着他的司令部刚刚到达大宁，日军就偷偷地围了上来。当时的一一五师政委罗荣桓和代理师长陈光当即命令苏静带一个营去掩护卫立煌。苏静骑马一口气追了五公里路才赶上卫立煌，并向他通报了敌情。可卫立煌还没来得及转移，日军就发起了围攻。当时卫立煌身边没有多少部队，全靠八路军这个营的兵力拼死抵挡。在冲出包围后，苏静命令留下一个连断后。这个连在白儿岭据险死守一天，英勇抗击了800多日军的轮番进攻。事后，卫立煌才知道，二战区的国民党军总司令部无线电密码被日军破译，国民党军对此一无所知，而苏静却侦察到了。

1938年，八路军一一五师进驻晋西孝义地区，国民党军派了一名联络参谋及几名随员到一一五师，名为进行联络事宜，实则是进行收集情报、策反等特务活动，一名掌握师部核心机密的译电员被拉下了水。这件事很快被心细的苏静发现了。苏静果断巧妙地收回了密码本，不动声色地处理了那名译电员。接着，导演了一出"蒋干盗书"的好戏。

苏静连续数日宴请国民党联络参谋一行。宴席中，苏静频频劝酒，心怀鬼胎的联络参谋及其随员们频繁回敬。苏静假装不胜酒力，"无意中"泄露了八路军一些"机密情报"。欣喜若狂的联络参谋每到三更半夜，便将收集到的"情报"发给上

第十五章　后续故事

司,而苏静则躲在隔壁房间,细听着"嘀嘀嗒嗒"的声音,将联络参谋发出的电码原原本本记在了笔记本上,通过对故意泄密内容和国民党电码的反复对照,轻而易举地掌握了国民党的电报密码。

1945年8月日本投降后,国共双方随即为争夺东北展开了激烈的较量。11月中旬,苏静跟随罗荣桓到达沈阳,在刚刚组建的东北民主联军中担任司令部情报处处长。

当时东北的局面相当混乱。就中国共产党方面的东北民主联军来说,虽然人数多达十几万,但部队都是从各自根据地出发,彼此之间没有电台联络,连总指挥部也不知道自己的部队究竟有多少人、在什么位置,打起仗来,甚至还找不到自己的队伍。而当地老百姓也不了解共产党,把国民党当成正统,东北民主联军处境困难,以至于山海关丢失、锦州失守、辽西走廊洞开。1946年初,东北民主联军主力一直退到松花江以北。

此时,东北民主联军很需要打个大胜仗鼓舞士气,这需要准确可靠的情报。苏静受命后,很快编织起一张卓有成效的情报网,并迅速组织100多名情报人员收集敌情。2月11日,苏静向总部报告:敌八十九师近两个团脱离其主力到达秀水河子,离主力有三天的路程。总部当机立断,迅速就近调集七个团的优势兵力一举将其全歼,从而拿下了进军东北以来第一个漂亮的歼灭战。4月15日,又根据苏静的情报,东北民主联军在大洼一举歼灭敌八十七师4400人。

正是由于有苏静的情报做后盾,东北民主联军总部经常通

四十九个昼夜

过电台直接指挥师、团一级作战,作战效率大大提高。

1948年秋发起的辽沈战役,关键点在于锦州。

数10万东北野战军南下围困并攻击锦州。锦州之战,顿时成为国共两党在东北战场的生死对决。敌守城司令范汉杰是黄埔军校一期出身,曾在日本、德国考察学习过西方军事,在国民党军中堪称"能战之将"。国民党还调集10万大军从锦西葫芦岛方向增援,蒋介石也在葫芦岛海面军舰上亲自督战,大有一举歼灭东北野战军于锦州城下之势。

东北野战军攻城部队的伤亡一天天在增加,锦州城却纹丝不动。情况万分危急之际,苏静和野战军炮兵司令朱瑞冒险深入锦州外围的义县去收集情报,不料朱瑞不幸触雷牺牲,部队的压力更大了。

就在这时,苏静找到了突破口。在深入前沿时,苏静发现二纵五师在攻打义县时采取了坑道近迫作业的攻城方法,部队伤亡很小,当即意识到这个方法可以在所有攻城部队中推广。他及时向总部做了汇报,提出以坑道近迫作业攻占锦州的建议。总部采纳了苏静的建议,电令攻城各纵队、师,每个师以2/3的兵力抢挖高宽各为1.5米至2米的交通沟至敌阵地50米至60米处。

很快,锦州陷入解放军纵横交错的坑道包围之中,攻城部队在坑道的掩护下伤亡大为减少,东北野战军的炮兵甚至能从坑道中抵近离城根只有100米的地方射击。范汉杰一度计划乘解放军伤亡增大之机向城外反攻,可当他看到城外的坑道越

第十五章 后续故事

来越多、越来越密,却看不到解放军的人影时,不禁哀叹道:"守城无望了!"

10月15日,锦州解放,范汉杰兵败被俘。

辽沈战役胜利结束后,平津战役随之开始。为了使北平这座驰名世界的文化古城免遭战争破坏,中共中央和中央军委力争以和平方式解放北平。在90万人民解放军兵临城下的震慑下,同时在北平秘密党组织的耐心工作和北平许多开明人士的敦促下,国民党华北"剿总"司令傅作义接受了谈判的建议。苏静是中共中央派出的进入北平的解放军代表,参加了全部的北平谈判,为北平的和平解放做出了突出贡献。

苏静在北平和谈

四十九个昼夜

1955年，苏静被授予中将军衔。曾获二级八一勋章、一级独立自由勋章、一级解放勋章。1988年，被授予中国人民解放军一级红星功勋荣誉章。

身经百战的苏静将军成了漳籍红军战士中为数不多的幸存者。

那么，中央红军进漳时建立的工农红军闽南独立第三团命运又如何呢？

这支革命武装力量在与强大的敌人周旋战斗中，曾几度面临绝境，在极其艰苦的斗争环境中发展壮大，开辟了南方八省15个游击区之一的"闽粤边游击区"。

中央红军撤离漳州后，张贞首先想到的是报复。他纠集残部及翁猪母、陈祥云民团，杀气腾腾进占漳浦，开始了对尚处于初创阶段的小山城根据地与红三团武装的疯狂反扑。

刚改编成立的红三团，绝大部分成员是刚参军的农民赤卫队员，战斗力还比较弱。在大军压境、敌强我弱的情况下，本应按照毛泽东的"十六字诀"开展游击战争，而中心县委和红三团领导却盲目执行临时中央"不放弃苏区每一寸土地"的指示精神，死守阵地，甚至采取进攻策略。

1932年6月2日，红三团在漳浦象牙庄消灭张贞残部200多人，缴枪40多支，并乘胜攻下漳浦县城。尔后红三团到漳浦崎溪寨仔村休整，这个麻痹轻敌的决定导致了严重的后果。

6月5日，张贞残部与地方民团3000多人包围了寨仔村，红三团与反动武装展开了红军撤离漳州后的首次激烈战

第十五章 后续故事

斗。因为敌人是突然袭击，红三团来不及集中队伍，制高点已被敌军抢占。政委王占春在带领红五连与敌抢夺制高点的激战中，不幸腹部中弹。

蔡协民命令几位战士用担架抬着王占春向车本白叶山方向转移。战士们抬着昏迷中的政委，奋力摆脱敌人的追击，在荆棘中艰难前行，担架修了坏，坏了再修。战士们只有一个信念，一定要救出政委。

在白叶山一个山洞前，战士们停住了脚步，王占春的伤势在恶化，战士们的体力也到了极限。王占春被安置在山洞里，有位卫生兵拿出盘尼西林准备给王占春注射，从昏迷中醒来的王占春对这位战士说："这药很稀缺，还是留给其他受伤的战士。我父亲是乡村土医生，我也懂得一些治伤的土方，你让附近村里的老乡帮着采些中草药就行。"他坚决拒绝使用盘尼西林。战士们含着眼泪，只好请来附近的土医生为他采草药敷伤口。几天以后，王占春因伤口严重感染，牺牲在山洞里。

寨仔村战斗，红三团失去了一位优秀的指挥员，部队伤亡达70多人。当晚，队伍退至小山城，重新集中。此时，小山城处于敌人三面包围之中，龙溪圩、车本、象牙庄、五寨等处均为敌人占领，小山城10里以外都是敌人。

在强敌三面围攻的情况下，是暂时退出根据地，还是死守小山城？蔡协民等人为此进行紧急讨论，认为"红军应该迅速、敏捷地脱离敌人包围与被攻的地方，向敌弱方面进攻，使红军得到短期休整"，决定部队立即撤出小山城，向平和三坪

四十九个昼夜

迂回，摆脱被动局面，再寻机与敌作战。

漳州中心县委与红三团退出小山城后，小山城即被敌人攻占。部队在平和三坪上景村休整，打算休整三五天后，取道五寨、南胜，迂回赤区相机打击敌人。但是，敌人很快就发现红三团的去向，尾追而来，并调集部队包围。红三团原想取道南胜，但南胜已被敌人先行重兵把守，只好改向其他方向运动，却又因天下大雨，山洪暴发受阻。在这种多面受敌围攻、天气恶劣的情况下，县委与红三团决定先敌出击，避免被动挨打，派出人员四处侦察，发现龙溪圩尚无驻军，只有为数不多的民团，于是决定攻打龙溪圩。没想因侦察有误，龙溪圩已有张贞一个营固守，结果红三团与强敌交锋，再次受挫，伤亡200多人，战斗失败，被迫退回小山城。

寨仔村与龙溪圩两次战斗失利，使得红三团伤员增多，战斗力减弱，加上缺医少药，物质上也发生严重困难，战士们的思想出现波动，士气低落。蔡协民召集会议商量对策：若退向闽西，无法冲出敌人重围；向饶和浦转移，则因道远情况不明，没有把握；分散游击，到处是张贞驻军与地方民团，加上初创的根据地群众基础不扎实，难以得到掩护，还有成百个伤员无处安置。与会人员权衡利弊，最后决定选择车本。

车本距小山城20多里，是个较大村庄，这里山高林密，交通不便，大家估计敌人难以攻上来。蔡协民决定设立三道防线，分兵把守。蔡协民自己率团部在中路总指挥，团长冯翼飞守北路，副团长尹林平守东路，政治部主任谢少萍守西路，团

第十五章 后续故事

省委特派员陈开昌守南路，准备据险与敌决一死战。

曾志在回忆中写道：这时如果及时转移还不晚，而我们却采取了分兵把口、坚守阵地的错误战术，利用车本山上陡峭的地形，与敌人打起了阵地战。

6月23日，张贞部三个团和邻县反动民团共1万多人，进攻车本。激战中，冯翼飞防守的北路被攻破，冯翼飞率领战士们与敌人展开白刃战，终因力量悬殊失败，冯翼飞英勇牺牲于阵地上。敌人突破北路防线后直插中路。据守东路的尹林平也打得很苦，左腿负了伤。面对强敌，蔡协民只得指挥部队分散突围，进入深山老林。敌人攻上车本后，用子弹开路，放火烧了村庄。

车本村白叶山

四十九个昼夜

车本战斗，红三团牺牲了300多名指战员。村上的老人说，第二年春天，山上的野樱桃花开得特别鲜红，像鲜血染过一样……

寨仔战斗、龙溪圩战斗、车本战斗的失利，使红三团失去王占春、冯翼飞两位优秀的指挥员。各路防线被敌人突破后，队伍仅剩100多人。自此，以小山城为中心的根据地基本丢失。

突围的第二天，蔡协民在山里召集骨干总结教训，沉痛地作了自我批评，承认自己指挥不好，打法不对，在队伍刚组建不久、人少枪不好、很多地方还未建立党组织和分配土地、群众基础比较薄弱的情况下，还抱有"不放弃苏区每一寸土地"的思想，与敌硬碰，死守阵地，导致了失败。

蔡协民决定，暂时分散游击，重新聚集力量，将剩下人员组成几个分队，寻找走散的战士，深入群众基础较好的村子，建立工作联系。很快，队伍从100多人迅速恢复发展到300多人。

不久，蔡协民、曾志被调离红三团。中共厦门中心市委（原市委书记王海萍已经牺牲）没有正确分析战斗失败的原因，而是在闽南党内开展了一场"反蔡协民路线"的斗争，错误地给蔡协民戴上右倾机会主义的帽子，并做了不公正的党内纪律处分，进而怀疑他为"社会民主党分子"，中止了他的党组织关系。

蔡协民流落上海街头，在厦门做苦工，历经磨难，依然对党忠心耿耿。1933年7月，重新恢复了蔡协民的党组织关

第十五章 后续故事

系。1934年4月16日,蔡协民奉命离开厦门前往中央苏区,行至石码,因叛徒出卖而被捕,遭严刑拷打,坚贞不屈。同年7月,在漳州就义。他用壮烈的死,向党表明了自己的忠诚。

毛泽东对这位井冈山时期的老战友的遇害感到十分痛惜,1952年12月30日,他亲笔在蔡协民的相片上题写"蔡协民烈士遗像"七个字,表达对烈士的深切怀念。

红三团遭重创后,中国共产党漳州中心县委在漳浦龙岭召开扩大会议,总结经验教训,制定新策略,并调整县委和红三团班子,尹林平由副团长升任团长。红三团整编后调整作战思路,兵分三路主动出击外线,在南乡、尪仔石山、平和五寨、南胜地区开展游击战争,在南靖、龙岭、平和、程溪等地,接连打了几场胜仗,粉碎敌人的"围剿",沉重打击了国民党反动派的统治。此外,红三团还积极组织乡村群众武装,建立了八支共600余人的地方自卫队。国民党军万万没想到,已经被"剿灭"的红三团这么快就"死灰复燃"。

中央红军长征后,闽南红三团和党中央失去联系。国民党军对闽粤边区进行更加残酷的"清剿",采取"清晨看露水,白天看火烟,晚上看火光,岩石看青苔,密林看树丫"的办法来追踪红三团。为配合中央红军长征,牵制国民党兵力,红三团在平和浦尖山组织伏击战,紧接着又分兵出击,先后攻打平和文峰大土楼、溪坂、五寨、白灰洋等地,恢复和发展大片革命根据地。

四十九个昼夜

1935年8月,张长水带领的闽南红三团与吴胜带领的闽西红九团,在平和县三平村胜利会师。这次会师打通了闽南、闽西的交通联系,是福建三年游击战争时期最大的一次军事行动,对推动闽西南地区反"清剿"斗争的发展起到了重要作用。

三平会师之后,红三团继续开展游击战争,在团长张长水带领下,先后建立梁山、大芹山、乌山等新的游击根据地,在云霄、平和、诏安边界开辟大片游击区域。卢胜部与潮澄饶红三大队在乌山月眉池会师,合编为中国工农红军闽粤边独立营,卢胜任营长。

1936年6月,漳州人民抗日义勇军指挥部在平和县邦寮成立,为配合中央红军北上抗日,红三团改称中国工农红军闽南抗日第三支队。

西安事变后,国民党被迫接受中国共产党提出的"停止内战,共同抗日"的主张。1937年6月26日,中国共产党闽粤边区特委派代理书记何鸣与国民党一五七师谈判,签订《政治协定》,将红三团1000余人改编为闽粤边保安独立大队,何鸣为大队长,卢胜为副大队长。

此时,发生了"漳浦事件",红三团面临自车本战斗失利后的一场重大危机。

红三团改编之后,国民党一五七师借口漳浦为海防前线,要保安独立大队速到漳浦县城集中受训,以便开赴抗日前线。

在此前后,闽西南军政委员会主席张鼎丞曾给何鸣来信,

第十五章　后续故事

南委也派人来闽南，强调"提高警惕，保持政治上独立，部队驻在基点里，未得中央指示，不得离开根据地"。

但何鸣认为抗战开始了，我军如继续在山区里游击，扩大不了影响，坚持要到城市去干一番大事业。

当时，红三团领导对部队是否下山进城出现很大分歧。副团长卢胜和闽粤边特委巡视员朱曼平、漳浦县工委书记彭德清等对进城表示反对。何鸣则坚持要把队伍带进漳浦县城。

7月12日，何鸣率部从平和小溪出发，经南胜、五寨、漳浦的象牙庄，于13日抵达漳浦县城。

就在这期间，国民党第四路军总司令余汉谋奉国民党南京当局的密令，以"纪念第四路军成立一周年""慰问驻闽的粤军官兵"的名义，于7月14日从广州专程飞抵漳州，策动一五七师师长黄涛采取非常措施，消灭闽粤边红军游击队。

黄涛提出用包围缴械的办法解除红三团的武装，并确定缴械地点和兵力部署，以驻漳浦的四七一旅为主，通知驻石码的九四二团赶赴漳浦协助，在漳浦县城大操场实行缴械。

对于国民党当局的阴谋和出现的异常情况，麻痹轻敌的何鸣完全丧失警惕，以为已经签订合作协议，对方不会采取敌对行动，没有采取有效措施保护部队。

7月16日上午，国民党一五七师以点名发饷和整训为名，诱骗独立大队到体育场集合。当部队进入操场集合后，四七一旅参谋主任陈英杰等人走上前来，声称现在国共合作抗日，独立大队要进行训练，目前用不着武器，要独立大队官兵把枪放

四十九个昼夜

下。大家已察觉事态有变，立即拉开枪栓，压上子弹，准备决一死战。

国民党一五七师九四二团团长陈俊见势不妙，便指着埋伏在操场四周的火力点威胁说："你们看，四周都是我们的部队，枪要不要放下，你们考虑。"

这时，红三团指战员义愤填膺，怒不可遏。卢胜、王胜等示意何鸣组织武装反击，但何鸣没有同意，并以党纪军纪相要挟，强调大家服从命令，等待党中央来处理，还带头把短枪扔在地上。指战员们见状，只好悲愤地跟着扔下手中的武器。

就这样，在场的闽粤边红军游击队和抗日义勇军近千名指战员被国民党不费一枪一弹地全部缴械了，共被缴去长枪315支，驳壳枪228支，冲锋枪30余支，轻机枪五挺，自动步枪三支，子弹10多万发。这就是国民党当局在抗日战争初期一手制造的"漳浦事件"。

就在同一天，国民党当局还制造了诏安月港事件。中国共产党闽粤边特委代理书记张敏在月港村召开云和诏县、区委负责人会议，以贯彻抗日民族统一战线精神，部署云和诏边区的抗日救亡活动。中午，国民党保安队沈东海部以一个连的兵力，突然包围了月港村，逮捕了张敏和云和诏县委负责人李才炎、张崇等12人。7月20日，被捕人员全部被杀害于良峰山东麓的虎咬巷。

"漳浦事件"的发生，充分暴露了国民党当局在抗战初期一边搞和谈，一边加紧"剿共"的真实面目。同时，也反映

第十五章　后续故事

了当时的闽粤边特委主要领导人在新的形势下,产生了严重麻痹轻敌思想,对国民党只讲联合不讲斗争,一再丧失警惕,终致悲剧发生。毛泽东后来曾向全党提到了"何鸣危险(被国民党包围缴械的危险)的警戒",就是指这一事件。

"漳浦事件"后,一五七师把何鸣、吴金扣留于四七一旅旅部,其余指战员暂时监禁在孔庙内。卢胜、王胜秘密商议潜出孔庙,到漳浦县下布村清泉岩重建革命武装。第三连庶务长悄悄塞给卢胜一把小曲九手枪,告诉他,这把手枪是上午放在干粮袋里,挂在墙上被斗笠盖着,没被收缴。

是夜,卢胜带着那把唯一的小曲九手枪,和王胜率领十多名连排骨干翻墙突围出来,从县城泗水渡河到溪南村,又摸黑登上金刚山腰的清泉岩。那里有一座古庙,是游击队进出梁山根据地的道口。随后,先后突围到达清泉岩的战士有100余人。

没来得及突围的战士,均被严加看管,干部被扣押。7月17日,何浚、朱曼平等特委领导在漳浦清泉岩召开紧急会议,将冲出来的100多名指战员重新整编,仍称红三团,卢胜为团长兼政委,王胜为参谋长,根据当时的情况,将部队编为第一连。同时决定由何浚主持闽粤边特委工作,具体委托朱曼平负责,派何浚、尹林平先后到香港向南临委报告事变经过。

"漳浦事件"发生后,在延安的毛泽东高度重视,连续发了九封电报。《中共闽南地方史》披露。

8月底,毛泽东致电给当时负责闽、粤、桂和香港党的工

四十九个昼夜

作的张云逸，要他立即向余汉谋提出严重抗议，要求国民党当局迅速将何鸣部的人、枪交还。同时强调提出，张鼎丞部与粤军接洽，务须慎重，谨防再上余汉谋的当。根据中央指示，张云逸即与余汉谋交涉，向其抗议，迫使余汉谋表示同意听从上面的安排，愿意合作。9月10日，毛泽东又致电林伯渠，要他转告董必武，湘鄂赣边区与国民党谈判时，必须记取闽粤边何鸣部被袭击的教训，并要博古、叶剑英与国民党谈判时，注意交涉何鸣部的人、枪退还问题。9月14日，毛泽东、张闻天又给博古、叶剑英、周恩来去电，提出各边区统一战线问题，在与国民党谈判时必须坚持原则，并指示周恩来、博古、叶剑英向国民党再次提出要求，要南京政府责令余汉谋退还何鸣部的人和枪，不得缺少一人一枪。9月20日，毛泽东致电博古、叶剑英，询问何鸣部的人、枪归还之事交涉如何。

为了进一步揭露国民党妄图趁国共和谈之机，吞并共产党和红军游击队的阴谋，逼使国民党当局尽早归还何鸣部人、枪，9月30日，毛泽东、张闻天又给博古、叶剑英去电，就与国民党谈判和游击队集中问题的立场、原则向各地游击队发出指示，并重申"在何鸣部人、枪没有如数交还以前，不能集中"。10月1日，中共中央书记处在给南方各游击区的指示中，也一再强调"国民党首先把何鸣部人枪交还，经证实具报无误后，方能谈判各游击区问题"。10月15日，毛泽东、张闻天给潘汉年并告博古、叶剑英电中，进一步指示他们向国民党再次提出要将何鸣部人、枪全部交还，并要国民党公开承认

第十五章　后续故事

错误；同时指示：(一)张鼎丞、何鸣两部在闽粤边原地，为保卫地方反对日寇进攻而战，不移往他处；(二)其他地区游击队待国民党交还何鸣部人、枪，并公开承认错误后，再行商量条件。由于党中央坚持党的正义立场，坚决要求国民党将何鸣部人、枪全部如数归还，迫使国民党南京政府只好同意将何鸣部人、枪归还。

重建后的红三团分成五路，奔赴乌山、大芹山、狮头山、梁山等地筹集枪支，解决给养。革命根据地的群众积极捐款捐物，送米送菜，甚至送亲人参军。1937年9月，闽西南军政委员会派谭震林率一个加强排的武装来闽南帮助、指导工作。重建的红三团发展到300多人。乌山、梁山、大芹山游击根据地也得到恢复和发展。

真可谓"野火烧不尽，春风吹又生"。

1938年初，红三团在平和坂仔进行了一个多星期的整编，改编为新四军第二支队第四团第一营，下辖三个战斗连队，随后从平和小溪分三批前往龙岩白土集中，正式编入新四军二支队四团。党领导的漳州"芗潮剧社"部分骨干及青年学生也加入新四军二支队。

1938年3月1日，红三团，这支由毛泽东率领中央红军东路军在漳建立的、富有游击战经验、与人民密切联系的武装力量，历经艰难曲折，终于同闽西南、闽东、浙南、赣东北等地区的红军游击队会合在一起，浩浩荡荡奔赴苏皖抗日前线。

四十九个昼夜

尾　声

　　1964年春天,一个阳光明媚的日子,一辆军用吉普途经南靖宝林桥时,"嘎吱"一声停了下来,一位50多岁的军人下了车,他伫立在桥头,久久凝视着天宝大山。尔后,饱含深情地写下了这样一首诗:

　　忆往昔,青山处处埋忠骨,烈士鲜血点关山;

　　看如今,碧柏青松百花艳,战友音容又重现。

　　这位军人,就是中国人民解放军中将、1932年4月19日凌晨率领尖刀连攻打十字岭石鼓仑阵地的党代表王辉球。当年在激战中,他被敌人子弹击中右胸,当场昏死过去。19日下午,红军战士打扫战场时,在牺牲的战友尸体中发现了奄奄一息的王辉球,赶紧把他抬下山,在内洞村"扎带所",卫生员给王辉球打了强心针后,他才慢慢苏醒。

　　到了漳州,医生在抢救过程中百思不解,子弹一般从前胸进入的话,是从后背射出的,而这颗子弹却很奇怪,从王辉球的右胸进入后,向下穿透肺部,从后腰射出。医生从死神手中夺回了王辉球的生命。

王辉球

第十五章　后续故事

过后,王辉球感叹道:"我这条老命是从牺牲战友堆里捡回来的呀!"

1984年,王辉球将军在回忆文章中再现了十字岭战斗的惨烈情景。

经上级决定,我们连为主攻部队的尖刀连。为了完成这一艰巨而光荣的任务,我们进行了紧张的临战准备,首先召开了党支部大会,而后召开了全连战斗动员大会。团党代表田桂祥同志亲自到会,给全连同志极大的鼓励。连长刘德山同志和我都在会上讲了话,号召全连同志发扬英勇顽强、不怕牺牲的精神,坚决完成上级交给我们的光荣任务。同志们充满了战斗激情,个个摩拳擦掌,争取第一个攻上山去,把红旗插到天宝山顶峰。

第二天拂晓,我军即向天宝山北侧发起进攻。借着晨雾的掩护,由连长带着一排在前,我带二、三排跟进,首先摸到山下,以散开队形向山上敌人展开攻击。山高陡峭,不易攀登,但凭着我们爬山的经验和冲杀敌人的拼劲,一排很快就接近了敌人的前沿阵地,二、三排在后面一二十米处紧紧跟进。此时,连长命令司号员吹起冲锋号,全连同志不顾敌人的枪林弹雨,向敌前沿阵地勇猛冲击。但因当时对地形侦察不细,天宝山南侧坡度平缓,而北侧尽是悬崖峭壁,敌人又是预有准备的坚固阵地防御,居高临下,凭险据守,用强大火力对我进行封锁压制,在鹿砦(即尖竹或铁三角器障碍)面前,我根本冲不上去,连长和一排大部分同志在敌阵前中弹牺牲了。见此情景,我心中十分悲痛而焦急,满腔复仇怒火,当即高呼:"为

四十九个昼夜

连长和一排同志报仇!"指挥和带领二、三排接连向敌阵冲去,但仍没能突破敌人防御,许多同志同样在敌人的阵地前倒下去了,我和二排长也负了重伤。至此,我们尖刀连已失去战斗力。我们团当即动用预备队,其他几个连紧接着向敌阵地反复冲击,均因敌人火网密布,我又无强大炮火对敌进行压制,只靠短兵火器从正面仰攻,致使连连受挫,毫无进展。后来,由红四军十一师改从东南侧翼攻击敌之右侧,对敌造成夹攻之势,敌人因侧背突然遭到我军之攻击,惊慌失措,乱了阵脚,我军迅速占领了天宝山。残敌向漳州逃窜,我军乘胜追击,一举占领了漳州城。

这次战斗共歼灭张贞部主力数千人,缴获武器甚多,取得了重大胜利。但是,我军也付出了相当大的代价。主要是在战斗初期,伤亡很重。从我们团(小团)来看,三个步兵连,一个机炮连,加上团直属队,共六百多人,战斗结束时仅剩下二百多人。其中,我们连损失最大,全连一百四十余人,牺牲了近百名同志,生者只有三十余人,且大部分是伤号。在这次战斗中牺牲了不少优秀指挥员,其中,我记忆最深的有我们团党代表田桂祥同志。他待人诚恳热情,平易近人,干部战士都愿意接近他。他常教我怎样当好党代表,我从他身上学到许多知识。他不仅是一位非常有威望的红军政治指挥员,而且打仗勇敢、果断,在关键时刻身先士卒,冲杀在前,退却在后,是团长的好帮手。他的牺牲,不仅是我们全团的重大损失,也是红军的重大损失。还有我们的连长刘德山同志,他是河南人,

第十五章　后续故事

在从国民党军队过来后，弃旧图新，对革命忠心耿耿，作战非常勇敢，每仗都是他带领全连战士们冲杀，从不畏敌怯阵，是一位非常出色的连长。我们在一个连相处虽短，却结下深厚的革命情谊。我们连的战士在战斗中个个生龙活虎，连队的传令兵、司号员就是突出代表，他俩都是年仅十五六岁的小鬼，非常机灵、活泼，是全连上下都喜欢的小同志，在这次战斗中也被敌人的子弹夺去了年轻的生命。他们牺牲虽然已经五十二年了，却仍然活在我们心中。

在采访即将结束之际，我在南坪村老支书的引领下，沿着崎岖的山道来到了漳州战役的主战场——十字岭。

在石鼓仑，我惊奇地发现，90年过去了，这里依然保留着战场的原貌。布满状如石鼓的花岗岩上，弹痕累累，刻录着90年前那场惨烈的战斗。

在阵地中心，还留下几座炮台。蜿蜒的战壕虽被沙土填埋，但轮廓依然清晰可见。正如王辉球将军在回忆中所说，这里，南侧坡度平缓，而北侧尽是悬崖峭壁。

我明白了，因为仰攻，敌人是近距离向下俯射，所以当年那颗子弹才从王辉球的右胸进入、后腰射出。很难想象，面对敌人的机枪火炮，加上到处布满竹尖铁尖，穿着草鞋的红军指战员是怎么冲上敌人阵地的。

望着连绵起伏的竹林松涛，我仿佛看到漫山遍野的红军战士正持枪冲向敌阵；迎着呼啸的山风，我仿佛听到千百支冲锋

四十九个昼夜

号在吹响……

南坪村老支书说,战斗过后,连续几天从山上留下的水都是红的。村民们配合游击队,在战场附近掩埋了牺牲的红军指战员遗体。这些红军烈士长眠于天宝大山寂静的山谷中。由于红军进漳之后还要撤出,为了烈士的遗骸不遭受破坏,当时没有留下烈士的名字,没有立下墓碑。这不免留下了遗憾。

内洞村(现为南坪村的一个自然村)的村民为支持红军付出了血的代价。1933年5月2日,农历四月初八,国民党军包围了内洞村,进行抢、烧、杀。仅沓埔小村庄当日就被打死、烧死9个人,曾作为红军伤员临时救治所的沓埔大厝被烧毁,厝主陈文理被活活烧死。然而,遭此劫难的内洞村的村民依然不改初心,心系红军。每年清明节,总有村民来到十字岭,祭奠长眠于此的红军烈士。

让人感动的是,多年来,市、县党史工作者,老红军的后代,内洞村的乡亲们一直在寻找收集漳州战役红军烈士名录。这也是漳州人民的心愿。

关于红军在漳州战役损失的人数,1932年4月20日,林彪、聂荣臻在给中革军委的报告中提道:"我军伤亡三百余人,以十二师最重,该师又有三团长负伤,一团政委阵亡,其他各部无大损失,唯十三师阵亡一团政委。"

1932年5月21日,中央巡视员仲云在给中央的《关于漳州工作和红军情形的报告》中写道:"这次来漳的红军为第一、五两军团……第四军这次在龙岩、南靖两战损失了八百

第十五章　后续故事

余,这是很可惜的。"仲云这里讲的"损失",包括漳州战役中龙岩和南靖两场战斗,其中包含牺牲和受伤人员。

在漳州战役中牺牲的烈士多为江西籍、闽西籍。

可那场战役距今已经将近一个世纪,红军烈士的名单、年龄、籍贯还能查找得到吗?

近年来,经党史工作者和红军后代的不懈努力,终于查找到了部分在漳州战役中牺牲的江西籍红军烈士名单。

2011年5月28日,南靖县龙山镇内洞村六个农民自费来到闽西革命烈士纪念馆,也寻找到了在漳州战役中牺牲的闽西籍烈士名单,并由闽西革命烈士纪念馆出具了证明。

由于时间久远,有关档案、记载保留不全,有的红军烈士的牺牲地还需进一步考证。

手捧着红军烈士的名单,我的心被震撼了,这些牺牲的红军战士都很年轻,年龄绝大多数在20岁左右。

其中有:

田桂祥　团政委　湖南郴县人

刘德山　连　长　籍贯不详

肖家礼　19岁　江西兴国县人

陈运福　21岁　江西兴国县人

尹盛茂　21岁　江西兴国县人

邹成林　21岁　江西兴国县人

彭德坤　20岁　江西兴国县人

朱世易　22岁　江西于都县人

四十九个昼夜

张祖桃　21岁　江西于都县人
易诗浩　21岁　江西于都县人
肖起秦　18岁　江西于都县人
方发长　20岁　江西于都县人
胡文光　20岁　江西信丰县人
周通明　21岁　江西信丰县人
王天东　21岁　江西信丰县人
邱世义　19岁　江西信丰县人
王万钧　21岁　江西信丰县人
唐禄元　20岁　江西安远县人
杜新添　21岁　江西安远县人
陈美添　22岁　江西石城县人
朱祖春　22岁　江西石城县人
张金良　18岁　江西石城县人
许茂章　21岁　江西石城县人
廖桥生　21岁　江西石城县人
赖克恕　22岁　江西崇义县人
胡新发　18岁　江西瑞金县人
尹家莒　22岁　江西瑞金县人
钟乐鸡　19岁　江西瑞金县人
钟天泮　22岁　江西瑞金县人
钟同辉　19岁　江西瑞金县人
刘维龙　20岁　江西寻乌县人

第十五章　后续故事

刘传宗　20岁　江西寻乌县人

刘上社　19岁　江西寻乌县人

刘金红　19岁　福建长汀县人

钟选书　21岁　福建长汀县人

蔡王孜　23岁　福建长汀县人

蔡元升　17岁　福建长汀县人

郑福标　22岁　福建长汀县人

吴加连　18岁　福建长汀县人

汪坤带　19岁　福建永定县人

马玉存　34岁　福建上杭县人

孔树发　19岁　福建上杭县人

杨广生　20岁　福建连城县人

…………

他们的名字，将永远铭刻在漳州——1932年的年轮上，载入红军的英雄史册。

后　　记

1932年4月，毛泽东率领中央红军东路军东征漳州。这是毛泽东反对王明"左"倾教条主义错误、针对当时形势作出的果断抉择，是红军主力远离根据地主动出击、奇兵制胜的一次重要军事行动。

漳州战役与赣州战役相隔仅一个多月，结局却完全不同。红军东征漳州，消灭了国民党张贞四十九师大部，执行宣传抗日、筹款、扩红三大任务，加强闽南革命武装，巩固了闽西革命根据地，援助了东江红军，极大地鼓舞了红军士气和缓解了红军给养困难，为第四次反"围剿"胜利乃至红军长征的胜利提供了重要保障。从参加漳州战役的中央红军东路军中，走出了九十多名共和国将军，在中国共产党党史、军史、革命战争史上写下了浓墨重彩的一笔。

这是一段值得用心书写的红色历史。

我带着一份沉甸甸的责任和对革命先烈的敬仰，投入纪实文学《四十九个昼夜》的创作。在阅读大量史料的同时，我沿着当年毛泽东率领红军进漳的路线，从瑞金、长汀、龙岩到漳州，走访了漳州战役的主战场和红军分兵发动群众的漳属各县。

后　记

这是一次穿越时空的追寻。

我仿佛回到那风雨如磐的峥嵘岁月。老一辈无产阶级革命家、红军将士的形象栩栩如生，历历在目，他们像一组组鲜活的群雕呈现在我面前。我的精神经受了一次洗礼，心灵受到深深的震撼。从他们身上，我读懂了什么叫"对党忠诚，不负人民"，什么叫"为有牺牲多壮志"，什么叫"革命理想高于天"。

我以毛泽东率领红军攻克漳州为故事主线，把对中央红军东征的描写与闽南革命武装斗争的讲述紧密结合起来，努力做到宏观叙事，微观刻画；史论结合，夹叙夹议。希望能把这段难忘的历史用文学的形式呈献给读者。

书稿即将付梓之际，我带着虔诚与敬仰，来到毛泽东当年的住地——芝山红楼。

历经风雨，红楼仍保留着原来的模样，红军当年书写在墙上的标语依然清晰可见。如今，芝山红楼成为"毛主席率领红军攻克漳州纪念馆"，馆内展出了红军攻克漳州和闽南革命斗争的大量珍贵史料，是革命传统教育的重要基地。

在纪念馆讲解员的引领下，我来到了位于二楼西南角的毛泽东当年的卧室兼办公室。这间十几平方米的房间里，摆放着一只旧办公桌，一只老式木头椅子，两个马口铁制作的公文箱，还有一副毛泽东当年用过的床架。毛泽东就是在这个房间里起草给苏区中央局书记周恩来的电报，会见了罗明、邓子恢、陶铸、王海萍、蔡协民、曾志、王占春等。在房间的右侧，有一个朝南的小阳台。1932年4月21日，毛泽东正是

四十九个昼夜

在这里召开师长、政委以上干部会议，总结漳州战役胜利的原因，讨论下一步的行动。

尊前谈笑人依旧。我仿佛看到毛泽东正吸着烟，在窗前踱步沉思，在聚精会神阅读收集到的报纸，在灯下奋笔疾书，在与红军将领和地方党组织同志亲切交谈……

我来到红楼左侧一座红色大理石纪念碑前。这是1992年，红军进漳60周年之际建立的"中国工农红军攻克漳州纪念碑"，碑名由聂荣臻元帅亲自题写。纪念碑造型寓意深刻。主碑既像面红旗，又像把尖刀。它是根据毛泽东的词《十六字令三首》其三中的"山，刺破青天锷未残，天欲堕，赖以柱其间"的含义设计的。主碑体由两根"人"字形的台柱支撑，象征着红军依靠工农支持，三位一体。碑底座是三层黑色花岗岩石圈，表示红军是在粉碎国民党军三次"围剿"之后东征的。碑高19.32米，表示红军东征漳州是在1932年。纪念

位于红楼左侧的纪念碑

后　记

碑顶部的金色镰刀铁锤图像告诉人们：共产党领导工农革命武装打下了江山。江山就是人民，人民就是江山。

伫立在纪念碑前，抚今追昔，我更加深切感受到，幸福生活来之不易。没有革命先烈的流血牺牲，哪来今天的岁月静好？不忘党的历史，才能牢记初心使命。毛泽东率领红军东征漳州的光辉历史、留下的宝贵精神财富、涌现的感人故事，正是弘扬光荣传统、赓续红色血脉的生动、有说服力的教材。

本书在采访创作的过程中，得到福建省委宣传部、中共中央党校（国家行政学院）科研部、漳州市委组织部、漳州市委宣传部、龙岩市委宣传部、谷文昌干部学院、漳州市委党校、漳州市委党史和地方志研究室、毛主席率领红军攻克漳州纪念馆、中央苏区（闽西）历史博物馆、龙海区委宣传部、南靖县委宣传部、漳浦县委宣传部以及党史界、文学界专家、朋友的大力支持，在此，谨表诚挚的谢意！

吴玉辉

2022年6月于漳州